恋愛アンソロジー

LOVERS

安達千夏
江國香織
川上弘美
倉本由布
島村洋子
下川香苗
谷村志穂
唯川　恵
横森理香

祥伝社文庫

目次

ほんものの白い鳩《はと》

江國香織

江國香織（えくに・かおり）
東京都生まれ。1987年、「草之丞の話」で花いちもんめ童話大賞を、'89年、「409ラドクリフ」でフェミナ賞を受賞。以後、「こうばしい日々」で産経児童出版文化賞、坪田譲治文学賞を、『きらきらひかる』で紫式部文学賞を、『ぼくの小鳥ちゃん』で路傍の石文学賞を、『泳ぐのに、安全でも適切でもありません』で山本周五郎賞をそれぞれ受賞。2004年、『号泣する準備はできていた』で直木賞を受賞した。著書に『東京タワー』『とるにたらないものもの』など多数。

あたしには、恋は、いつか絵本で見た白い鳩《はと》のようなものだ。トミー・デ・パオラという人のかいたその白い鳩は、鳩サブレみたいにまあるく甘いかたちで、小さくて可憐《かれん》で、とても賢《かしこ》そうな顔をしていた。のどのあたりだけが愛らしいバラ色で、あとは全身、潔癖なまでのまっ白だった。潔癖。そう、恋の性格を表すには、その言葉がいちばん似合うと思う。鳩はあちこちにいるけれど、そういうほんものの鳩は、まずおもてにでてこない。彼らは人になつかないし、飼われたりなんか絶対しない。だから、もし、ほんものの鳩がやってきたら、大切なお客様として扱わなきゃいけない。心のすべてをさしださなきゃいけない。もうおいとまします、と、鳩が言うまで。

あたしには友達はいない。昔はいたんだけど。家族もいない。それもやっぱり昔はいたんだけど。あたしは一人ぼっちで、しかも半人前ぼっち。あとの半分を埋《う》めてくれる誰かがいないと、頭も心も機能しない。友達は高校生のときに捨てた。家族は二十一のときに。もっとも、彼らはきっと、捨てたのはあたしじゃなく彼らの方だって言うだろうけれど。

あたしの身体は一人ぼっちで生きるために、そして、恋のために、できている。あたしはいま二十七歳で、デニーズでウェイトレスをしている。あたしについて説明するべきことは、ほかにはあんまりない。

あたしの、いちばん新しい恋の話をしようと思う。

あたしは新太郎《しんたろう》を「ダーリン」と呼び、新太郎はあたしを「俺の天使」と呼ぶ。あたしたちは、眠るとき、一腹の鱈子《たらこ》みたいにぴったりくっついて眠る。毎晩。

新太郎とは、郵便局で出会った。八月の終りの、むし暑い夜だった。新太郎は荷物を出しに、あたしは荷物を受け取りに、それぞれそこに出掛けたのだった。住宅地の中にある、駐車場の広い、夜間窓口のある玉川《たまがわ》郵便局に鳩が来るなんて、一体誰が思うだろう。でも、来たのだ。バラ色ののどをした、白い可憐な、ほんものの鳩が。

新太郎は髪を角刈りにしていて、運動選手みたいな身体つきをしていた。Tシャツに短パンという恰好だったので、あたしは新太郎の皮膚と筋肉にみとれた。新太郎の

Tシャツの背中には、中指を立てた拳骨《げんこつ》の絵がプリントされていた。ファック・ユーという意味だ。それであたしはいきなり言った。

「ファック・ミー」

と。

でも、あの夜のことは、新太郎に言わせるとすこし違う物語になる。新しいパソコンを買ったので、古くなったパソコンを父親に譲ろうと、それを丁寧《ていねい》に梱包して郵便局に持ってきたところ、天使がいた。その天使は桃みたいでお日さまみたいで、ともかく輝くばかりに可愛いかったので、新太郎はぼーっとしてしまった。天使が何か言ったようだったが、何と言われたのかはわからなかった。でも天使がにっこり笑ったので、嬉《うれ》しくなって自分も笑った。

ともかくそんなふうにして、あたしたちは出会った。あたしは車だったので、新太郎をアパートまで送ってあげた。あたしの車は黄色いミツビシで、廃車寸前のぽんこつだけれど気に入っている。ずっと昔に、男と別れるときに餞別《せんべつ》がわりにもらったものだ。エンジンの音が大きく独特で、あたしはその音をきくと安心する。新太郎は自転車で来ていたのに、そんなことはすっかり忘れて車に乗ってしまったのだそうだ。

アパートにつくと、新太郎はお茶をいれると言ってくれた。でもあたしは断った。もしこれがほんものの鳩なら、急いではいけないからだ。

ところで、その日あたしの受けとった荷物は、その少し前までつきあっていた男から、送り返されてきたこまかい物だった。マグカップとか化粧品とか、ビーチサンダルとか生理用品とか。捨てていいと言ったのに、男は「捨てられない」と言った。「捨てられないし、置いとけない」と。物事のすべてを彼はかなしんでいたし、あたしもかなしかった。彼はあたしをものすごく愛してくれていたし、あたしも彼をものすごく愛した。でも、鳩はでていってしまった。いつもそうだ。鳩は必ずでていってしまう。

「散歩にいこう」

最後にあたしは男にそう言った。あたしたちは何をするのも一緒だったし、その晩も、手をつないで外にでた。春で、闇はしっとりと花の匂いを含んでいた。昼間雨が降ったので、思うさま桜が散っていた。地面はまだ濡れていた。

「死ぬのと殺すのとどっちがいい？」

あたしが訊《き》くと、男は、

「殺してから死ぬ」

と、こたえた。あたしは車のキーを男に放り、すこし歩いて、濡れた道路に仰向《あおむ》けに寝た。それは、あたしたちの恋のお葬式だった。

男はあたしの車に乗った。なまぬるい夜のなかで、あたしは音の一つ一つをたしかめた。車のドアが開く音、閉まる音。エンジンのかかる音、ギアの変わる音。そして、光。

でも、男は急ブレーキを踏んだ。あたしにはわかっていたし、男にもたぶんわかっていた。わかっていてもあたしは失望し、そして、ほっとした。アスファルトの道路は固く、あたしの背中はつめたく濡れそぼっていた。

郵便局で新太郎に出会った翌日、あたしは新太郎に会いにいくことにした。会ったら、こう言うつもりだった。「こんにちは。きのうは荷物を運ぶのを手伝ってくれてありがとう。やっぱりお茶をいただくことにしたの」あたしが口紅を塗っていたら、でも新太郎が自分でやって来た。小包に記されたあたしの住所を暗記して、あたしを探してみつけたと言った。どうしても会いたくて会いに来た、と。

あたしが新太郎に出会ったみたいに、新太郎もあたしに出会ったのだとそのときにわかった。あたしたちは二人とも高揚し、すこし照れくさく、とても嬉しかった。新太郎とあたしは、その晩一晩じゅう話した。ひたすら。いままで別々に生きてきた人生のことを、順不同に、全部、憑《つ》かれたみたいに。子供のころ、新太郎が海で転んで膝《ひざ》に怪我《けが》をしたこと、あたしが初めてのピアノの発表会で弾《ひ》いた曲、何人かの友達、いくつかの恋。いままでに旅をした場所、好きな音楽。好きな食べ物、嫌いな食べ物。

新太郎は子供のころカメを飼っていた。両親は現在柴犬を飼っていて、それはヨタという名前。あたしは最高十五匹のトカゲを飼ったことがある。新太郎は高校生のとき、金魚鉢みたいな器に入った特大のチョコレート・パフェ――普通のパフェの十五倍の量で、全部食べれば無料!――をたいらげた。あたしは二十歳の誕生日の夜に、当時つきあっていた男が買ってくれた一ダースのドーナツを、愛のあかしに全部食べた。

新太郎はうお座で、O型で、いのしし年。あたしは水瓶《みずがめ》座で、O型で、とら年。新太郎は電気部品をつくる会社につとめていて、独身。あたしはファミリーレストランで働いていて、独身。

あたしたちはありとあらゆることを話した。病気や怪我の個人史から、ゴキブリがでたときどうやって始末するかまで。それでも、話すことはまだいくらでもあった。

翌日の電話で、新太郎は、

「信じられない」

と言った。

「女の子の部屋に泊って、朝まで手も握らなかったなんて信じられない」

と。あたしはにっこりしてこうこたえた。

「ほんものの白い鳩だからよ」

それからの一週間、あたしたちは毎日、互いの部屋を往き来した。そのほかに手紙も書き、手紙は会って手渡した。昼間はたびたび電話もした。あたしの仕事中にも連絡がとれるように、新太郎はあたしに携帯電話を買ってくれた。そして、一週間後にあたしは新太郎の部屋に引越した。

そうそう、あたしたちが出会ったとき新太郎には恋人がいた。新太郎はそれを隠したりしなかった。最初にあたしの部屋に来た日にそのことも話した。でもそれは、あたしたちのどちらにとっても、そのときすでに、たとえば新太郎が子供のころに海で転んで膝を怪我した、というのと同じ種類の断片でしかなかった。だからその恋人のことを、新太郎はほとんどなつかしそうに話した。愛をこめて、遠い思い出みたいに。

あたしには、荷物というほどのものはない。新太郎と出会ってからのあたしは新太郎だけのものなので、あたし自身にも未知の、まったく新しい人間だからだ。

あたしたちの初めての性交は、さらにしばらくあとだった。それは新太郎に言わせると、「一緒にいると、それだけでめまいのように幸福で、性交について思いだす余裕もなかった」からだし、あたしに言わせると、「話すのも食べるのもテレビをみるのも、新太郎と二人きりですれば、全部性交そのものだから」だ。

でもある日曜日の夕方に、どういうわけか突然、あたしたちはそれをした。はじめは、ベッドの上で服を着たまま抱きあったり、腕の力をゆるめたり、キスをしたりしていた。そういうのは、その前にもしていた。それで、いつものように笑いだしてしまった。あんまり幸福だと笑いだしてしまうのだ。でも、どういうわけか、その日は二人ともそこでやめなかった。笑いながら、なお抱きしめたりキスをしたりしていた。相手の服を脱がそうとしながら自分でも服を脱ぎ、そのまま、かなり乱暴に貪《むさぼ》った。あたしは新太郎の髪の一本一本にキスをしたかったし、新太郎はあたしの心臓も肝臓も愛撫したいと言った。もうどうしようもなかった。荒い息をつきながら、それでも笑いがこみあげて零《こぼ》れた。上になり下になり、息をきらし涙もでて、それでもずっと笑っていた。あたしたちは果てしなくし続けた。新太郎のそれはあたしのそれに、心底恐怖するほどぴったりで、あたしたちは、まるで二つの宇宙が何億年もの孤独のあとでようやく虚空《こくう》を埋め合うみたいにくっついた。エアコンを入れてあったのに、西日のなかで、どちらもびしょびしょに汗をかいた。もう、人間のかたちをとどめてはいられないと思った。このまま二人ともとけてしまって、いつか誰かに発見されるときは、ベッドの上の、一つの水たまりになっているだろうと思った。

「大好きだよ」

新太郎は何度もそう言った。あたしは黙っていたけれど、身体で何度もおなじことを伝えた。

あたしは新太郎のために、料理も掃除も洗濯も完璧にこなした。たまたま、そういうことが得意なのだ。新太郎のためにそういった作業をするのは、性交とおなじくらい輝かしい歓喜であたしをつらぬいた。つねに。

新太郎の髪や爪《つめ》はあたしが切ったし、あたしの髪や爪は新太郎が切った。あたしたちは、職場以外どこへいくのも一緒だし、片時も離れていられない。

その結果、あたしたちは二人のあいだでだけ通じるいくつかの隠語を持つことになった。たとえば、トイレのことを、あたしたちは「ウォークマン」と言う。どうしてかというと、あるときあたしがトイレに立って、そうしたら新太郎が、

「どこにいくの？　一人でいくの？」

と訊き、その途端《とたん》、あたしは家出を後悔する子供みたいな気持ちになってしまって、一人でトイレにいこうとしたなんてどうかしている、と、心から思った。それで一緒にトイレにいった。でも恥《はず》かしくなってしまって、ドアの前で待っていてもらうことにした。そうすると今度はつないでいた手を離すのがつらくなり、新太郎のアイディアで、一本の紐《ひも》を両側から持って、トイレのドアの内と外とでちゃんとつながっていられるように工夫した。あたしたちは何にでも工夫をこらすのだ。トイレにまつわる最後の工夫がウォークマンだった。中の一人が心おきなく用を足せるように、また、外の一人が退屈しないですむように。で、あたしたちはトイレにいきたくなると

言うのだ。

「ウォークマンはどこ?」

と。

あたしが、好きな色は黄色だと言ったので、新太郎はアパートのあちこちを黄色くしてしまった。窓に黄色いブラインドをつけ、壁には、旅行会社からもらってきたというひまわり畑の写真のポスターを貼った。丈《たけ》の短い黄色いバスローブと、黄色いやかんも買ってくれた。自分の自転車も黄色く塗ってしまい、台所の小さな窓にも、黄色と白のストライプの布をつるした。あたしは嬉しくて、しじゅう踊っていた。踊りはあたしの喜びの表現だ。両手を上にあげ、身体をめちゃくちゃに揺すってねじる。新太郎は、あたしの踊りをみるのが好きだ。

踊りのほかに、新太郎はオートバイのレースをみるのも好きだ。だからあたしは、お給料を待って、オートバイレースをずっとやっているチャンネルのある、四角い機械とアンテナを買った。新太郎の指導のもと、アンテナもベランダに、自分でとりつけた。

あたしたちは、相手の望みはすべて叶《かな》えたかった。そのためならなんでもした。

三日に一度くらいのわりあいで性交をした。性交の歓喜と安堵《あんど》は、その度《たび》に力を増すように思えた。八時間し続けたこともある。新太郎はぐにゃぐにゃになり、あたしはとろとろになった。

なにもかも蜜のように濃く甘く、ほかに何もいらなかった。

あたしたちはときどき仕事を病欠にして、相手の職場に遊びにいった。そういうとき、新太郎はデニーズの小さなテーブルで、二十杯ものコーヒーをのみながら、いちにちあたしを眺《なが》めていた。あたしの方は、カステラの入っていた木箱にぎっしりのお弁当をつくって、お昼に新太郎の会社にいった。新太郎はきぬさやのいためものが好きだ。あたしはそれを、ぱりっと炒める。まだ青くさいくらいの、目の覚めるような緑の状態が大事。あたしたちは屋上や会議室で、二人でお弁当を食べる。あたしは新太郎の会社の女の子たちを遠慮なく観察する。あたしよりブスばかりだったので、安心した。

新太郎と暮らし始めて、あたしはよく食べるようになった。それまでは太るのが恐くて食べなかったのに、とんかつもスペアリブも、ビールもお菓子も、新太郎と二人でばんばん食べる。ばんばん食べても、不思議にちっとも太らない。

あたしたちは、いつもいつも一緒だ。新太郎が同僚とお酒をのみにいくときも、あたしの仕事仲間の送別会なんかも。あたしたちはいつもいつも手をつないでいる。膝にさわったり背中にさわったりするのを、やめることができない。

あたしがつきあう男はみんなそうなのだけれど、新太郎も友達がいなくなった。「全然かまわない」と新太郎は言ったし、あたしも全然かまわなかった。

新太郎は家族も失いかけていた。実家に顔をださなくなったし、電話もちっともかけなくなった。「パソコンの使い方がわからない」とお父さんに言われても、教えてあげにいかなかった。

でも、あたしたちは、新太郎の祖先のお墓や、あたしの祖先のお墓にはときどきお参りにいった。それは大事なことに思えた。あたしたちは大うつけ者で、傍若無人《ぼうじゃくぶじん》で破廉恥《はれんち》だったけれど、無秩序ではなかった。

あたしたちは、収入のすべてを相手のために使った。心のすべてと、身体のすべては言うにおよばず。あたしたちは陽気だった。そして、満身創痍《そうい》だった。あたしたちは兄弟で、姉妹だった。愛しすぎると、いつもそうなってしまうのだ。

あたしたちは互いをみつめすぎ、互いに触《さわ》りすぎて、相手の顔も身体も、細部まで記憶してしまった。すくなくともそう思えた。

頭で記憶しているのではなくて、手のひらや眼球で記憶しているのだ、と。だからあたしたちはしばしば、「いまここに大きなねんどのかたまりがあればいいのに」と言いあった。「そうすればダーリンの（あるいは俺の天使の）かたちを、完璧に再現してみせるのに」と。あたしたちは彫刻家になりたかった。あるいは絵かきに。

でもそれは危険なことだった。とどめておきたい、と願うのは、それ自体、物事が折返し地点に達したことのしるしだ。終焉に向かっていることの。

あたしたちはつきすすまなくてはならない。振り返ったり、惜《お》しんだりしてはいけない。失うものを持ってはいけないのだ。

それでも、はじめのうち、あたしたちは気がつかないふりをした。そして、気がつかないふりをしていても、変化は避けることができない。

あたしたちは、以前にもましてべったりくっついて暮らすようになった。

どちらも事実に気づいているために、性交にはいたわりと愛惜がこもり、キスにはかなしみがこもった。

夜中に目をさまし、隣で眠っている新太郎の姿を、一時間もみつめてしまうこともあった。また、夜中に目をさましたとき、新太郎の方があたしをじっとみつめていることに、気づくこともあった。そういうとき、あたしたちは互いに、互いを失うことを考えていた。

あたしにとって新太郎はもはや新太郎ではなく、男という概念そのものだった。新太郎にとってあたしもはやあたしではなく、女という概念そのものだったろうと思う。あたしたちは二人で一心に歩んだ。

そうしてここに辿り着いてしまった。辿り着きたくなんかなかったのに。

あたしは乱暴になり、新太郎はやさしくなった。

あるいは新太郎が乱暴になり、あたしはやさしくなった。

「愛してるよ」と、あたしたちはあいかわらず日に何度も言いあっていたが、その言葉はただのかなしみでしかなかった。

鳩はでていってしまった。

たぶん、あたしは新太郎と結婚するべきだったのかもしれない。恋愛の終りを見届けるかわりにべつのものを育《はぐく》むべきだったのかもしれない。子供もつくるべきだったのかも。

新太郎と出会ってから、三年二カ月がたっていた。

朝、目をさますと新太郎が泣いていた。あたしにいつでていくのかと尋《たず》ね、きょうでていくかもしれないと思いながら暮らすことにもう耐えられないと言った。あたしは起きて黄色いバスローブを羽織《はお》り、コーヒーをいれた。新太郎はずっと泣いていた。あたしを愛していると言い、あたしがでていくなら死んだ方がましだと言った。自分にはもう友達も家族もいないのだと言った。

あたしは新太郎にコーヒーを渡した。それから新太郎の頭をだきしめて、泣きそうになるのをこらえた。

それは、あたしたちの恋のお葬式だった。

「死ぬのと殺すのとどっちがいい？」

あたしが訊くと、新太郎は、「死ぬの」とこたえた。あたしは「わかった」と言ってうなずいた。

夜をまって、あたしたちは手をつないで外にでた。

「まっすぐ歩いて。バス停の先を左にまがって。あの細い道で地面にねそべって空をみていて」

あたしは言った。新太郎には、あたしが何をするのかわかっていた。

「わかった」と言って歩き始めた。あたしの大好きな、かっこいいうしろ姿だった。

あたしはそれをみながらすこし泣いた。

車にのり、シートベルトをしめた。エンジンをかけ、ギアをドライヴに入れて、夜の中に滑りだした。両手でハンドルをにぎり、あたしはしっかり目をあけて前を見ている。あたしは一人ぼっちだ。新太郎もひとりぼっち。つめたいアスファルトにあおむけになり、涙をいっぱいこぼしながら空をみているであろう新太郎をおもった。

そうしながら狂気がすっかり抜けるまで、待っている新太郎を思った。

やがてよろよろと立ち上がり、あたしとは無関係の人生に入っていく新太郎をおもった。あたしは泣きながら、バス停の先を右にまがった。

新太郎とは無関係の、あたし自身にも見当のつかない、どこかべつの人生へむかって。

横倒し厳禁

川上弘美

川上弘美（かわかみ・ひろみ）
東京都生まれ。お茶の水女子大学理学部卒業。１９９４年、「神様」でパスカル文学賞を受賞しデビュー。'96年、「蛇を踏む」で芥川賞を受賞。以後、単行本化された『神様』でBunkamuraドゥマゴ文学賞、紫式部文学賞を、『溺レる』で伊藤整文学賞、女流文学賞を、『センセイの鞄』で谷崎潤一郎賞をそれぞれ受賞。著書に『パレード』『龍宮』などがある。

「液もれ防止のため横倒し厳禁」

という文字を、あたしは横たわったまま、ぼんやりと眺《なが》めている。なんだかこの文字って、意味深長だ。少し前に「横倒し」にされたあたしとしては、なんとなく笑ってしまうわけだ。

「液もれ防止のため……」という文字は、シロップ漬けの桃の瓶詰《びんづめ》のラベルに書いてある。桃の瓶詰にしてはぎょうぎょうしい言葉であるところも、なんだか可笑《おか》しい。

あたしは永瀬《ながせ》さんのマンションにいるのだ。いる、というより居ついている、と言ったほうが正しいかもしれない。

あたしはもう五ヵ月ほど、このマンションに「居つづけ」しているのである。

永瀬さんは、謎の中年。というのは永瀬さん自身の売り文句で、ほんとうはたいして「謎」でもないし、「中年」ぼくもない。

四十五歳、独身、会社経営、結婚歴二回、というのが永瀬さんの「謎」のなかみらしい。あたしよりも二十五歳もとしうえなのも、その年で独身なのも、お金もちなのも、元の奥さんたちが育てている子供がのべ五人（最初の元奥さんとの間に二人、次の元奥さんとの間に三人の子供を、永瀬さんはもうけたそうだ）いるのも、あたしにとってはそんなに「謎」ではない。

それよりもよっぽど謎なのは、あたしがこんなに長く永瀬さんのところに居ついていることだと思う。

中年、という言葉は、永瀬さんにとってとても都合《つごう》のいい言葉なんだそうだ。若い者が人に教えを垂れたり、はんたいに人に甘ったれたりすると、みんなに嫌《いや》がられたりばかにされたりするのに、中年が少しくらいエラそうなことを言ったり、はんたいに甘えたことを言ったりしても、世のひとたちは「なるほどね、中年だからね、オヤジだからね、まぁしょうがないかね」と、ひどくゆるい態度をとってくれるのだという。これが老人になると、今度はひとの視界からはずれてしまって、反応がにぶくなられてしまうことが多いのだそうだ。

そういうわけで、永瀬さんはいつも自分のことを、ことさらに「中年だから僕は」などと言うのである。

あたしはそういう永瀬さんを、ちょっとばかにしている。世間をばかにする人間は、ばかだと思うから。むろん永瀬さんをばかにするあたしだって、ばかの同類ではある。

シロップ漬けの桃の瓶詰を、永瀬さんはセックスのときに使う。なんて言うと、とってもエッチなことを想像されてしまうかもしれないけれど、そうじゃない。何が「そうじゃない」なのかな。

ともかく。あたしと永瀬さんのセックスは、ごくふつうのセックスだ。ごくふつうなんてものは存在しない、と永瀬さんは言うけれど、あたしの知っている、セックスの時におけるひとの体と気持ちの動きを平均化したものと、永瀬さんとのセックスとは、どんぴしゃり、合っているのだ。正規分布の山のちょうどてっぺんあたりにある感じ、とでも言えばいいかな。

ただ一つ違うのは、セックスが終わった後に、永瀬さんがとっても丁寧《ていねい》なひとになる、ということだ。セックスの最中やセックスの前に丁寧でいるひとは多いけれど、終わった後がいちばん丁寧、っていうひとは、今まであたしが会った中では永瀬さんだけである。

桃のシロップ漬けは、だから、セックスの後に使うのだ。あたしに食べさせるために、永瀬さんは桃の瓶詰を買う。セックスの後に、あたしに食べさせるために。

瓶詰は、フランスから輸入されたもの(広尾《ひろお》のなんとかいうハム屋さんにしか売っていないそうだ。なぜ桃のシロップ漬けをハム屋で売っているのかさっぱりわからないのだけれど)だ。透明なガラス瓶の中には、半分に切ったシロップ漬けの黄桃が、二十切れくらい浮かんでいる。大きなずんどうのガラス瓶。いつもは冷蔵庫に冷やしてある瓶を、永瀬さんは、セックスの後しばらくしてから立ち上がって、取りにゆく。

冷蔵庫から出されたばかりで、汗をうっすらとかいているガラス瓶の、金属の蓋《ふた》を永瀬さんは開け、銀色のフォークで、半分に切った黄桃を白磁の皿に移す。あたしは寝そべったまま、永瀬さんの動きを追っている。はだかのままの永瀬さん。ちょっと、おなかに肉がついている。まっすぐに立っているとめだたないけれど、かがむと肉が寄って、たらりとする。でも永瀬さんは、たらりとしたおなかを気にしたりしない（少なくとも気にするそぶりは表だって見せない）。

「はい、あーんして」と言いながら、永瀬さんはフォークで桃を切りとり、あたしの口の中にそっとふくませてくれる。あたしの喉《のど》の奥をすべり落ちる、ほの甘い桃と、桃にくっついた、桃よりもずっと甘ったるいシロップ。

半切れの桃を全部あたしに食べさせ終わると、永瀬さんはまたあたしの横にすべりこんでくる。そしてまだ少しほてっているあたしのからだのあちこちを触《さわ》ってみる。それはでも、あたしが気持ちよくなったり、永瀬さんが気持ちよくなったりするための触りかたでは、ない。

気持ちよくなるための触りかたに関しては、永瀬さんはなかなかのものだ。正規分布の中央というのは、つまり万人に対してたいそう的確な、という意味をも含んでいるわけである。けれど桃をあたしに食べさせた後であたしに触るやりかたは、正規分布のまんなかのやりかたとは、ぜんぜん違う。それは、なんというか、そっけないような、けれどちょっとなつかしいような、触りかただ。なんだろう。幼いころ、眠るまぎわにぽんぽんと母親が布団《ふとん》越しにあたしを叩《たた》いてくれただろう、それと似たような、暖かいけれどどこかそっけなさもふくんだ、やりかただ。

といってもあたしには母親はいない。あたしが生まれたときに、産後の肥立《ひだ》ちが悪くて母親は死んでしまった。だからあたしには、ぽんぽん叩かれた記憶はない。それにしても「産後の肥立ち」って、冗談みたいな言葉だ。父親は忙しくて、あたしの面倒は、ずっとあたし自身がみてきた。永瀬さんは、あたしの母親みたいなものかな、と思うときがある。でももちろん永瀬さんはあたしの母親じゃない。それにそういう解釈っぽいことは、もともとあたしはさほど好きじゃない。退屈になったときに、遊びみたいにして思うだけだ。

あたしは永瀬さんのところに居ついている。永瀬さんはあたしとセックスする。セックスした後には、永瀬さんは桃を食べさせてくれる。桃はほの甘い。シロップは甘ったるい。永瀬さんとあたしは、その週のニュースや芸能人の離婚のことや政治の話なんかをよくする（あたしはテレビと新聞が大好きだ）。永瀬さんはあたしに干渉しない。あたしも永瀬さんに干渉しない。あたしは永瀬さんのところに居《い》ることが、居心地《ごこち》いいことなんだか悪いことなんだか、よくわからない。永瀬さんがあたしのことをどう思っているかも、よくわからない。永瀬さんのマンションは、空調がよくきいていて、ひろびろしていて、観葉植物がちょっと多すぎることを除けば、なかなかいい感じだ。あたしは毎日マンションの窓から、外を眺める。あたしが外に出ることは、ほとんど、ない。

永瀬さんのところに居つく前には、あたしは鳶夫《とびお》のところにいた。鳶夫は、乃里《のり》の恋人である。乃里とあたしは高校の同級生だったけれど、あたしが中退してからは音信不通だった。あるときあたしの働いていたお店に乃里が偶然やってきて、そのとき鳶夫も一緒だったのだ。

そのころあたしは神宮前《じんぐうまえ》にあるお店でバーテン（ていうのかな。女の子でも）のバイトをしていた。あたしはバーテンダーの資格を持っている。あと持っているのは、珠算三級と剣道二級の資格。あたしは中学のころまでは、真面目《まじめ》だったのだ（今だって真面目だと自分では思っているけれど）。

鳶夫は、最初からあたしにくいついてきた。乃里がお手洗いに立った隙《すき》に自分の携帯の番号を教えてくれて、ついでにあたしの携帯の番号も聞いた。

「携帯、持ってないんだ」とあたしが言うと、「またまたぁ」と鳶夫は言った。そういえばマタマタっていう亀がいたなあ、とあたしはすぐにうわの空な気持ちになったけれど、顔には出さなかった。バーテンダーの営業上の心得。無関心に見えるけれど気づかいのあるふうの態度を保つこと。

乃里はすぐにお手洗いから帰ってきた。鳶夫はなにくわぬ顔で乗り出した身を引き、それからはあたしに話しかけることもなかった。けれど翌日、店が終わってから従業員用の扉から出たとたんに、鳶夫がにやにや笑って立ちふさがったのだ。

あたしの足から力が抜けた。こういうとき、あたしには自分の意思というものが、なくなる。もともとあたしには自分の意思なんて、かけらくらいしかないのだけれど。

「来いよ」と鳶夫に言われて、あたしは無言で鳶夫に従った。

「乃里は」と一言、あたしが聞き返したのは、鳶夫のベッドの上でだった。鳶夫は笑って首を横に振り、以来あたしと鳶夫が乃里の名前を口にしたことは、一度もない。

あたしは二ヵ月ほど鳶夫のところにいた。そのうちに鳶夫が知り合いにあたしを「売ろう」としているらしいことに気づいて、あたしは鳶夫の部屋を出た。

鳶夫とは政治家の話や地球環境の話はできなかったけれど、魚の話をたくさんした。鳶夫は岡山の生まれで、魚や海に棲《す》む生きものについて詳《くわ》しかったのだ。

「じゃあ、マタマタって、知ってる」といつか聞いたら、鳶夫は知っていた。「岡山の海にはいないだろうに」とあたしが言ったら、鳶夫は「いないけど、昔『小学生学習事典』で読んだ」と答えた。

マタマタという名前は「皮膚」という意味を持っていて、マタマタの鼻はとがっていて、マタマタの甲羅《こうら》は最高五十センチくらいまで成長することを、あたしは鳶夫から教わった。

鳶夫は優《やさ》しい喋《しゃべ》りかたをした。ふだんは。そして、態度も優しかった。ふだんは。そういうのをほんとうの優しさとは言わない、とひとは言うみたいだけれど、「ほんとうの優しさ」って、いったい何だろう。

あたしにはわからない。よその男に「売られる」のはまっぴらだったから、あたしは鳶夫の部屋を出たけれど、それでも鳶夫は最後まで優しかったとあたしは思っている。

鳶夫はしばらくあたしを探していたみたいだったけれど、あたしはバーテンのバイトも辞《や》めて、一人でホテルをてんてんとした。退屈なときには、一人ではなく男のひととホテルに泊まることもあった。あたしが一緒に泊まってもいいな、と思うのは、「男」でも「男の子」でもなく、「男のひと」という感じのひと。男も男の子も男のひとも、最後は結局いっしょくたになっちゃうけれど、最初の区別は肝心《かんじん》だ。

そうやって泊まった「男のひと」のうちの一人が、永瀬さんだった。

「いつもそういうふうにしてるんなら、いっそのこと僕のところに来たら」と永瀬さんは言ったのだ。うん、とあたしは答えて、そのまま永瀬さんのところにころがりこんだ。

永瀬さんのマンションは、永瀬さんがいつも住んでいるところとは違うらしい。永瀬さんはお金もちだから、いくつかマンションを持っていて、そのうちの一つがこのマンションなのだ。ここには永瀬さんの服も家具も日用品も、ほとんど置いていない。ただテレビとベッドと冷蔵庫があるばかりだ。あたしはいつも空調をきかせて、Tシャツ一枚とショートパンツでいる。お腹《なか》がすくと、冷凍庫の中に清田《きよた》さん(通いの家政婦のひと)が用意してくれているものを解凍して、食べる。たいてい残してしまうけれど。新聞だけはあたしから頼んで取ってもらっている。永瀬さんは週に三回くらい、このマンションにやって来る。

あたしは永瀬さんが来ると、いつもはりきってその週のニュースの話をする。その週に見たテレビの話なんかも（あたしはドキュメンタリーとワイドショーと動物番組が好きだ）。マタマタのことも、教えてあげた。永瀬さんはマタマタのことは知らなかった。

永瀬さんはあたしの話を、頷《うなず》きながら聞く。あたしがどんなにだらだら話しているときも、我慢強く聞く（あたしは自分がだらだら喋るたちだということを、自分でよく承知している。たいがいの男のひとはあたしのお喋りを、聞いているふりをして聞いていないことも、よく承知している。永瀬さんはそうではない。ちゃんとあたしの話を聞いて、ちゃんと内容に合った頷きかたをする。珍しい男のひとだ）。

「水菜《みな》はいつも楽しそうだな」と永瀬さんは言う。

「そうかな」とあたしは答える。楽しいって、いったいどんなことなのか、あたしにはほんとうはよくわからない。っていうか、どうでもいい。

「水菜は、いつかここを出ていくの」永瀬さんは聞く。

「わかんない。出ていくのかな。出ていかないのかな。いつかって、いつかな」あたしが答えると、永瀬さんは頷く。我慢強く。

その夜も永瀬さんはあたしとセックスして、終わった後に桃を食べさせてくれた。永瀬さんはいつもの、そっけないけど暖かなやりかたであたしを撫《な》でながら、

「水菜も僕のこと、撫でてごらん」と言った。

永瀬さんを撫でると、たぷたぷした手触りがした。永瀬さんは、前も言ったように、ちょっとたるんでいる。

「暖かいだろう」と永瀬さんは言った。

「何が」あたしが聞くと、永瀬さんはあたしの目をのぞきこんだ。

「ひとの体が」永瀬さんは、あたしをじっと見ながら、言った。

あたしにはよくわからなかった。永瀬さんの言う「暖かい」が人と人の間にある（らしい）心理的ぬくもりをさしているのか、それとも人間の体から放散される熱エネルギーのことをさしているのか、わからなかった。どちらかに違いない、または両方をふくむに違いない、ということはわかるのだが、どっちにしても、あたしにはぜんぜん実感できなかった。ああ、またどうでもいいことを永瀬さんは言ってるよ、としか思えなかった。

「あったかいね」でも、あたしは答えた。曖昧《あいまい》な気分のまま。

永瀬さんはじっとあたしの目をのぞきこんでいた。あたしの答えを聞いて、永瀬さんは首を軽く横に振った。ほんのわずか、眉《まゆ》をひそめた。でもそれ以上永瀬さんは何も言わなかった。あたしは口の中に残った甘ったるいシロップの味を、舌の先でもてあそんだ。永瀬さんは、小さくため息をついた。

・

あたしは窓から外を、眺める。永瀬さんのマンションの窓から見える風景。永瀬さんの部屋は二階にある。このマンションは三階建で、一階につき二所帯しか入っていないから、外から見ると一軒の大きな家と思えないこともないらしい。

少し前から、午前十時前後に決まって部屋の下を通る男の子がいることに、あたしは気がついていた。男の子は、ちょっとだけ鳶夫に似ていた。

「おはよう」とある日、男の子はあたしに声をかけてきた。春だった。あたしは窓を開け放していた。外は暖かいらしかったけれど、あたしはいつものようにTシャツとショートパンツだったので、少し寒かった。

「おはよう」とあたしは答えた。いつでもきちんと答えるあたし。あたしは、前にも言ったけれど、真面目なのだ。

「毎日、その窓のところにいるね」男の子は上を向いたまま、言った。

「毎日、いるかな。そうかもしれない。でもそうでもないかな」あたしは律儀に答えた。

男の子は笑った。あたしもくすくす笑った。

「名前、なんていうの」男の子は、聞いた。

「水菜。君は」

「朝日《あさひ》」

かわった名前、とあたしが言うと、朝日は頷いた。ちょっと永瀬さんに似た頷きかただな、とあたしは思った。顔は鳶夫に似てるのに。

「朝日のようにさわやかに、っていう曲、知ってる」

「しらない」

「母親が好きで、それにちなんでつけたらしい」

ふうん、とあたしが上から言うと、朝日はほほえんだ。あたしもほほえんだ。二人でしばらく意味もなくほほえんでいた。朝日はそれから歩み去った。あたしはぼんやりと窓ぎわに座っていた。むきだしの腕に、春の空気が冷たかった。朝日は、永瀬さんに似ている、とあたしはふたたび思った。朝日のようにさわやかに。あたしはつぶやいてみた。春の空気はさわやかだったけれど、あたしは窓を閉めた。それからテレビのリモコンを手に取って、ボタンを押した。テレビでは、十一時のニュースをやっていた。あたしは化粧の濃いニュースキャスターの顔を、熱心にみつめた。

朝日、とあたしは寝言に言ってしまったらしい。

「水菜、そんなに朝日が見たいんなら、こんど犬吠埼《いぬぼう》の旅館にでも行くか」と永瀬さんに言われたので、わかったのだ。

「なんで犬吠埼なの」とあたしは不機嫌に聞き返した。あたしは寝起きが悪い。永瀬さんはあたしの胸をてのひらで包んで軽く揺らした。あたしはじゃけんに横を向いた。

「朝日、朝日、って、何回も言うからさ」永瀬さんはあたしをまた自分のほうに向かせ、ふたたび胸をてのひらで包みなおしながら、言った。あたしの胸が揺れる。あたしの胸は、あたしの痩せたからだにくらべて、大きい。あたしはあたしの胸が嫌いだ。あたしはあたしの痩せたからだも嫌いだ。あたしはあたしのたいがいの部分が嫌いだ。

「おぼえてない」あたしはそっけなく答えた。永瀬さんは苦笑《にがわら》いしていた。あたしの胸は白くぶるんと揺れ、永瀬さんは無造作《むぞうさ》に触りつづける。

永瀬さんは起き上がって、洗面所に行った。あたしは不機嫌なまま、シーツにくるまっていた。永瀬さんが髭《ひげ》を剃《そ》る音が遠くからジージー聞こえてくる。父親が髭を剃るときの音と同じ音だ。鳶夫が髭を剃るときには、おんなじようなひげそりを使っていたのに、ああいうふうには聞こえなかった。鳶夫のは、もっと軽い、ジ・ジ・ジという感じのリズムを持った音だった。ひげそりの音って、年齢によって違っちゃうのかな。まさかね。

永瀬さんはきれいにプレスされたワイシャツのボタンをはめながら、はなうたを歌っていた。永瀬さんのはなうたは、あたしには聞き覚えのないメロディーばかりだ。あたしと永瀬さんて、たかだか二十数年しか生まれた時間がずれていないのに、こんなに違っている。あたしは嫌な気持ちになる。今朝はいろんなことが、嫌。

こういうとき、あたしは実際に口に出して「いや」と言ってみることもある。そうすると、永瀬さんは、「水菜は、いったい何がそんなに、いや、なの」と聞いてくれる。

時計の針の動く音が、いや。新聞の文字が妙に読みやすく大きくなっちゃったのが、いや。あたしの髪が生まれつき茶色っぽくて細すぎるのが、いや。ついでにあたしのくねくねした陰毛のかたちも、いや。永瀬さんがものわかりいいオヤジなのが、いや。春になると桜が咲くのが、いや。太陽がまんまるいのが、いや。

あたしの並べるいくつもの「いや」を永瀬さんは我慢強く聞いて（でもほんとうはあたしが並べる「いや」の中に、あたしがほんとうに「いや」と思ってることは、一つもない。だいいちあたしは自分がほんとうに「いや」なことが何なんだか、知らない）、それから、ほほえむ。そっけなくて、暖かな、ほほえみ。あたしはそのほほえみを見ると、なんだか安心するのだ。安心して、もう「いや」なことはどうでもいい、っていう気持ちになってくるのだ。もともとどうでもいいことなんだし。

けれど今朝は、あたしは「いや」を口にしなかった。だだをこねて永瀬さんになだめてもらう、という儀式がめんどくさかったのだ。永瀬さんはまだはなうたを歌っている。『移民の歌』という題なんだよ、といつか教えてくれたやつだと思う。そういえば、あたしのひいおばあちゃんは移民だったのだそうだ。一回ブラジルに行って、それから帰ってきた。夢やぶれて。尾羽打ち枯らして。尾羽《おは》って、へんな言葉。

ひいおばあちゃんは、ブラジルで体をこわして、日本に帰ってきてからしばらくして死んだ。その娘であるおばあちゃんは、母のない子供として、苦労して育った。そのまた娘であるあたしの母親は若死にした。以下あたしに至る。

あたしは母のない子供として、苦労して育ったのかな。あんまりそういう実感はない。あたしはただ育って、ただこうしてここに居るだけ。永瀬さんはスーツに身を固め、上等そうな鞄《かばん》を提《さ》げて、出かけていってしまった。いってきます、とあたしに声をかけて。いってらっしゃい、気をつけてね、とあたしは律儀に答えた。いつか永瀬さんに教えてもらった通りに（あたしは一人で育ったので、いってらっしゃい、だの、おかえり、だのいう言葉を言う習慣がなかった）。

朝日に抱かれたら、どんな感じかな。あたしは想像してみた。想像したら、もう抱かれたのと同じことだ。じきにここも出てゆくのかな、とあたしは窓際のほうに歩きながら、思った。いつも朝日が通る時間まで、まだ二時間くらいあったけれど、あたしはレモネードのペットボトルを持って、窓際に陣どった。朝の光があたしの腕に差す。あたしのうぶ毛が光った。光るはおやじの禿《はげ》あたま。あたしは歌いながら（移民の歌、みたいな複雑なうたが歌えなくて、あたしはちょっとくやしい)、レモネードを少しずつ、喉の奥にすべらせていった。

永瀬さんが、あたしをぶった。

朝日とセックスしたことを、あたしが言ったからだ。

わざわざ言おうと思ったんじゃなかったけれど、あたしのからだに残っている、朝日のつけた痣《あざ》を見て、永瀬さんが問いつめたのだ。

「なぜぶつの」とあたしは言った。

ぶった瞬間、永瀬さんはびっくりした表情になった。たとえば幼い子供が、池の主の巨大な鯉《こい》が跳《は》ねたのを見たときのような、純粋に驚いた顔。

「なぜ僕はぶったんだろうね」永瀬さんは、つぶやいた。それから、ほうけた様子になって、もう何も喋らなかった。

あたしはテレビをつけた。日曜日の昼間で、クイズ番組をやっていた。八幡太郎《はちまんたろう》と呼ばれた平安時代末期の武将は誰でしょう。甘藷《かんしょ》先生と呼ばれた江戸時代の学者の名前は。漬物の適正塩分は、次のうちだいたい何パーセントくらい。三パーセント。十五パーセント。三十パーセント。

あたしはいちいち口に出して、答えていった(あたしはあんがい物知りだ)。永瀬さんは、ぼんやりとあたしを見ている。あたしはどんどんクイズに答えていった。全問正解。ヨーロッパ旅行獲得。の実力を、あたしは示した。永瀬さんはあたしをじっと見ている。

「永瀬さんも、ここに来て一緒にテレビ見ようよ」あたしは言ってみた。ほんとにここに来るとちょっと困るな、と内心で思いながら。

「いやだ」と永瀬さんは答えた。

「永瀬さん、何か食べようか。清田さんが餃子《ぎょうざ》つくってくれたから、あたし焼くよ」

あたしはぺらぺらと言った。あたしはこういう時、ものすごくぺらぺらと喋ることができる。

「いやだ」永瀬さんは、同じ調子で言った。

「それじゃ、セックスでもしようか」

今度は永瀬さんは何も答えなかった。あたしのひいおばあちゃんは移民でね。そのころ『移民の歌』って、あったのかな。永瀬さんは肩が凝《こ》りやすいから、こんどあたしがマッサージしてあげるね。そういえば三代前の総理大臣て、誰だっけ。あたしはぺらぺらと続けた。永瀬さんはあたしをじっと見つめている。

「もういいよ」永瀬さんは、あたしをさえぎった。

「もういい」そう言って、小さなため息をついた。あたしはさえぎられて、ほっとした。

永瀬さんていいひと、と思った。

「水菜はかわいそうな子だな」永瀬さんはつぶやいた。あたしは、ふうん、と思った。

「僕は、そして、ばかだ」永瀬さんは続けた。あたしは同じように、ふうん、と思った。ただ純粋に、ふうん、と思った。

「水菜は今何も考えてないだろう」永瀬さんは言った。ほんとうに、あたしは何も考えていなかった。でも、こういう時、ひとは何か考えるものなの。

「僕は、考えるよ」

ほんとに、ほんとに、考えるの？

「ていうより、思い出すのかな」

水菜と見た連続テレビドラマの一場面。水菜のおへその横の小さなほくろのかたち。水菜の脱ぎすてたTシャツの皺《しわ》。水菜がセックスの時に出す声。いろいろなものを、思い出すよ。

「永瀬さんは、あたしが好きなの？」あたしは聞いた。

「好きに決まってるじゃないか」

決まってる、と永瀬さんは力をこめて言った。永瀬さんの髭の剃りあとが、濃い。永瀬さんの輪郭《りんかく》ぜんたいが、濃い。あたしは何も、思い出さない。何を思い出したらいいのか、わからない。永瀬さん、とあたしは呼びかけた。水菜、と永瀬さんは答えた。けれどもあたしの声の中にふくまれるものと、永瀬さんの声の中にふくまれるものは、ぜんぜん、違う。あたしにも永瀬さんにも、それがよくわかっていた。それでも、あたしたちは、お互いの名前を静かに呼びあった。

横倒し厳禁、とあたしはつぶやく。あたしは永瀬さんのところを、そろそろ出ていこうかと思っている。永瀬さんは今も桃を食べさせてくれるけれど、いつもなんだか悲しそう。

悲しいひとの側《そば》にいるのは、あたしは好きじゃない。

「水菜は、朝日っていうやつのこと、好きなの」永瀬さんは、このごろよく聞く。

「べつに」とあたしは答える。

永瀬さんはあたしを抱きしめる。あたしは息が苦しい。あんまり強く抱きしめるから。早くセックスしてくれればいいのに、とあたしは思う。セックスならば、息はそれほど苦しくならない。でも永瀬さんはセックスをしない。

永瀬さんは、ただあたしに桃を食べさせるだけだ。

「水菜は、ほんとうに、かわいそう」と永瀬さんはしばしば言う。余計なお世話。あたしは言い返そうかと思うけれど、言い返さない。なんだか、めんどくさいし。永瀬さんが言う、かわいそう、のなかみがよくわからないし。

永瀬さんのマンションは、よかったなあ、とあたしは思い返す。永瀬さんも、よかったなあ。いい、五ヵ月間だったなあ。みんな、過去形だ。なぜ永瀬さんは、朝日のことなんか気にするんだろう。あたしはぜんぜん朝日のことを気にしてないのに。

「なぜ僕が気にするか、わからないの、水菜は」

うん、とあたしは答える。

「ほんとにかわいそうだな、水菜は」

そう言いながら、永瀬さんは、あたしよりもよっぽどかわいそうな様子になる。うなだれて。少したぷたぷして。いいひとそうで。このひと、こんなにいいひとそうだったっけ、前から、とあたしは思う。

「水菜、もうここを出て行きなさい」とある日永瀬さんは言った。

「うん」とあたしはすぐさま答えた。そうしたら、永瀬さんは、「そんなにすぐに、うん、って答えるな」と言った。

「じゃあ、出ていかない」あたしはことさらに真面目くさった表情をつくって、言った（あたしはもともと真面目なので、真面目くさった表情は、かんたんにつくれる）。

永瀬さんは、ほほえんだ。いつものそっけないほほえみではない、しんそこ嬉《うれ》しそうなほほえみ。どうして永瀬さん、そんなに無防備になれちゃうの、とあたしは驚いたが、永瀬さんは平気で無防備になっていた。そんなに無防備になれる永瀬さんが、あたしはちょっとうらやましかった。

その夜は永瀬さんと並んで、スポーツニュースを見た。永瀬さんはシャンパンをあけて、パスタをゆでてくれた。永瀬さんの料理はおいしかった。永瀬さんはいつまでもあたしの茶色っぽくて細い髪に、指をからませていた。あたしはパスタをぱくぱくと食べた。

翌朝永瀬さんが会社に行ってから、あたしは荷物をまとめ（紙袋二つぶんしかなかった）、永瀬さんのマンションを出た。外に出るのは、久しぶりだった。あたしはのびをして、サンダルのかかとを鳴らした。外は空気がべたべたとしていて、ほこりっぽかった。

あたしは永瀬さんの顔を思い出そうとしたけれど、うまく思い出せなかった。ただ、永瀬さんが歌っていた『移民の歌』の「アアアアー」というところが思い出されるばかりだった。そうだ、あと一つ、桃の瓶詰のことも。甘い桃だった。特にシロップが。

「液もれ防止のため横倒し厳禁」っていうラベルも、おかしかった。

もう一度だけ、あの桃が食べたいな、とあたしは一瞬思って、少し淋《さび》しいような気分になった。永瀬さんのことが、あたしは好きだったのかな、とも思って、さらに淋しいような気分になった。でも、すぐにどうでもよくなった。っていうか、淋しいっていう気分が、ほんとのところどんなものなんだか、あたしにはわからないのだ。永瀬さんさよなら、とあたしはつぶやいた。あたしは少しセンチメンタルになっているのだ。いつもひとの部屋から出てゆくときには、そうなる。ほんとはセンチメンタルっていうことの意味もわからないんだけれど。

あたしは「光るはおやじの禿あたま」と歌ってみた。それから、永瀬さんごめん、と頭の中で謝った。でも、永瀬さんの顔は、やっぱりうまく思い出せなかった。あたしってひどい人間かな、と思いながら、あたしは歩いた。でも、あたしはただそこに居ることしか、できなかった。ただそれしか、あたしには、できない。

またバーテンのバイト見つけなきゃ。そして、少しお金がたまったら、桃の瓶詰を買いに行こう。銀のフォークで桃を食べよう。甘い汁をしたたらせながら。

あたしは二つの紙袋を両手に提げて、ゆっくりと、歩きはじめた。

キャメルのコートを私に

谷村志穂

谷村志穂（たにむら・しほ）
札幌市生まれ。北海道大学農学部にて動物生態学を専攻する。卒業後、出版社勤務を経て、執筆を開始。1990年、『結婚しないかもしれない症候群』でデビューし、同書はベストセラーに。以後、『アクアリウムの鯨』『十四歳のエンゲージ』など小説を発表。近年、恋愛小説でも読者の支持を得ている。著書に『海猫』『レッスンズ』など多数。

冬の始まりの北国の大地は、ひどくお腹《なか》を空《す》かせている。大きな口をあけて、真っ白で汚れのない雪が、天から降ってくるのを待っている。空気を冷たく凝縮させている——。

コーヒーの香りが立ちのぼる中、私たちは白いテーブルの席に向かい合って座っている。窓の外には樹木の間を縫《ぬ》うように、大きな雪がひらひらと降っている。今日あたりから雪は積もりだし根雪になるのだと、今朝の天気予報では言っていた。あとは春まではずっと、この街の時間は、白一色の中に過ぎて行く。その白が微妙に輝くこともあれば、冷たくただ静かに凍《こお》り付くこともあるのだが。

一人でいると寒くて、だからこの街の男と女は、すぐに愛し合ってくっつき、離れてしまうのだと聞いたこともある。

今も目の前に一人、こんな冬を前に、一度は恋人だった女から離れて行こうとしている男がいる。

グレイのタートルネックのセーターを着てコーヒーを飲んでいるタカオは、つい五分ほど前に、ここで、大学のすぐ側《そば》の私たちが何度も通った喫茶店で、「もう終わってもいいよ、俺たち」と、口にしたのだった。そしてふっと私の目を見て付け加えた。

「お前といると、時間が止まるような気がするんだよな。や、いい意味じゃなくてさ」

理由は聞かなかった。

私たちの間がだんだんだん遠のいていたことはよく知っている。濁《にご》った雪が降り積もっていくようでもあったし、オブラートが重なっていくようでもあった。

一番の理由は、タカオが一人暮らしをやめて同じホッケー部のカキモトくんという友達とルームメイトになったことのような気がする。ホモ・セクシュアルになった、とかそういうことではない。

ルームメイトが出来たことで、私はタカオの部屋にはなかなか入っていけなくなった。遠慮した、というのもあるし、タカオも何とはなしに私を遠ざけていた。

それまでは一週間だってずっと一緒にいたことがあったのに、会えることが週に二度になり、一度になり、もっと少なくなった頃から、私は何度もうるさく電話するようになってしまった。タカオの返事はいつも曖昧《あいまい》で、

「ハイ！」と、高い声で、いかにも今ものすごーく愉《たの》しい時間を過ごしていましたという感じでケイタイを取るのに、私だとわかると声のトーンを一段も二段も落とすようになったものだ。

「ああ、ミオ。どうした？」

そんな感じだ。

カキモトくんの前で、男の子としてしゃきっとしていたいとかそんな理由もあったのかもしれないけれど、時には電話の向こうに女の人の笑い声が混じって聞こえることもあった。

女の人の声は愉しそうで、一方、通話を切るときの私の声は暗いという以外の何物でもない。

「じゃあ、今度はいつ会えるの？」

私が聞く。

「ああ、だからそのうち。電話します」

タカオが乱暴にそう言った頃には、私たちは本当はもうだめになっていたのだろう。

私は、大学の講義も身に入らなかった。授業中だというのに、隣のミカリに話し続けた。半分はノートに書きながらそんな状況を伝えると、

〈フェイドアウトだ、それは〉

と、女友達のミカリは書き返した。私の進化生物学のレポート用紙には、なので今もその文字が残っている。

〈フェイドアウトだ、それは〉

なんてぴったりな言葉なんだろうと私は他人事《ひとごと》のように感心してしまった。

ミカリは私の耳元に口を近づけて、続けた。

「ちょっとずるいよね、タカオ。恋はパンドラの箱よ。一緒に開いた箱は、一緒に片づけて、きちんと閉じてあげないと、その箱、可哀相《かわいそう》だもんね」

ミカリからは、柑橘《かんきつ》系の香水のような、甘い匂いがした。ミカリは、いつも上手に

恋をする。追いかけすぎたりしないし、男の子を上手に追いかけさせている。ミカリの恋人は、いつも彼女を「ミカリン」などと呼んで目を細めている。特別な美人というわけでもないけれど、何か独特の雰囲気がある。声が低いし、鼻から抜くように話すし、ミカリが食べていると学食のカレーでもエレガントに見える。きっと何に対しても余裕があるのだ。私は、その反対ということになる。

ミカリのフェイドアウト発言の夜、私は耐えきれなくなって、いきなりタカオの部屋まで押し掛けてしまった。アパートの入り口で部屋を見上げると電気は煌々《こうこう》とついていたし、まだ夏だったので窓も開け放たれていて、笑い声が漏《も》れていた。

「タカオ、今、下にいるんだけど」

私がケイタイに電話をすると、その日のタカオは案外気楽に私を招き入れてくれた。

「なんだ、じゃあ入って来いよ。今、カキモトくんと焼きそば作ってたところ。あれ、お前も喰う？」

「いらない」

そう言って、私ははじめてタカオとカキモトくんの新しい部屋に招かれたのだった。

六畳の二間で、ソファがあって、ソファの周辺にだけグレイの丸いカーペットが敷いてある。あとの一部屋を、二人の寝室にでもしているのだろうか。息苦しそうだが、思えばタカオの以前の部屋だって六畳のワンルームで、そこに私も居座っていたのだ。

二人の男が、スエットパンツとTシャツ姿で、台所に立っていた。部屋は案外よく片付いていた。テレビの前にゲーム機のケーブルがにょろりと伸びていて、漫画の本が散らばっていて、でもそれ以外は私がよく通っていた部屋とあまり変わりはなかった。

だが決定的に違うことは、部屋のあちこちに写真が貼ってあることだった。タカオが大きな口を開けて寝ている写真、カキモトくんが裸で風呂から出てきて踊っているような写真、二人の写真もあるが、一番多いのは、そこにもう一人、別の女の人、髪の毛は顎《あご》のあたりまでのニュアンスのあるスタイルで、たくさんメッシュが入っていて、猫のように目が大きくくりくりしていて、たとえばある写真ではラメのVネックの体にぴったりしたセーターに、シルバーの細いペンダントをぶら下げている、その

人が、いつも、写真の中で微笑んでいる。まるで彼らの女神《めがみ》みたいに。

この人の声だったんだ、と私は思った。

電話の向こうで響いていた愉しそうな笑い声は、きっとこの人のものだったのだ。そしてタカオはきっと、この人に夢中なんだ、と私は思った。

二人が焼きそばを食べ始めたときにも、私はそのことが気になって、何も話せなかった。

「はい、ミオも喰う？　ちょっと分けてあげるよ」

と、タカオがノーテンキに箸《はし》の先に焼きそばを絡《から》めてくれると、私は情けないことに口を半開きにしてしまった。

「お、ビール、ビール」と、カキモトくんが気を遣い、私にもひと缶手渡してくれたが、ちょっと飲んだだけで顔が赤くなってしまった。

そのうち焼きそばも食べ終わり、ビールの缶もぶちゃっと潰《つぶ》したタカオは、煙草《たばこ》に火をつけて言った。

「何なの、お前？　また機嫌悪いじゃん、そうやってさ」

「だって」

「だって、何だよ」

「タカオ、ずるいよ」

そう言って、冷蔵庫の正面に貼ってある写真をちらっと見た。よりによって、その写真の中の三人は海にいて、皆、水着を着ているのだ。タカオは今年、私とはまだ海にも行っていなかった。女の人はゴールドのビキニで、腰をバンと前に出して写っていた。めちゃくちゃめりはりボディだ。

タカオは、私の視線の先を、指で点々をつけるみたいにたどり、ぷっと笑った。

「やっだ、お前、妬《や》いてんの？　ちょっとカキモトくん、言ってやってよ。マサコさんのことさ」

マサコさんとは意外な名前が出てきたもんだと思った。何という名前だったらピンと来たのかはわからないが、ノリカとかサキとか、せめてそんな名前を想像させた。

「なんだ、マサコさんのこと妬いてたんだ」

タカオはさらに笑い、冷蔵庫に立ってもう一本ビールを開けた。

「カキモトくんの彼女なんだぜ」

「だけど」と、私は重たい口を開く。

「だけど、マサコさんはこの部屋に何度も来て、そうやって一緒に海にも行くわけ?」

「偶然、何度か来たの。楽しかったよな?」と、タカオがカキモトくんに相づちを求める。カキモトくんは、ただ顎でウンと、頷《うなず》くだけだ。

「私だって、行きたかったな」

ずいぶん小声で呟《つぶや》いたはずだった。拗《す》ねてはいたかもしれないが、私にしては精一杯正直な呟きだった。以前のタカオなら、可愛いの、とでも言って頭でも撫《な》でてくれただろう。

だが、その時のタカオは、すぐに片目だけを細かく軽く痙攣させるように瞬《まばた》きした。機嫌が悪くなるときのタカオの癖だった。

「お前だって、今ここに来てるだろう? 海だって行ったことあるだろう? そんなスパイみたいに色々チェックして、一体何なんだよ」

タカオが煙草をもみ消すと、カキモトくんが制した。

「ごめんごめん、ミオちゃんも誘えばよかったんだよね。ただ、マサコさんはもう働いてるからさ、休みが水曜日しかなくて、あ、っていうのもアパレルだからなんだけどさ、それでミオちゃんは水曜日はバイトだってタカオが言うからさ」

確かに私は水曜は家庭教師をしている。眼鏡《めがね》をかけたヒステリーな母親の、神経質な娘を教えている。でも、日にちを絶対に変えられないわけではない。そもそも私は、何曜日であろうと、一度も誘われていないのだ。

タカオが過ごしていた水曜日。

私が過ごしていた水曜日。

二人が過ごしてきた時間は、そうしてずれていったんだな、と私は思った。

それでもその晩、アパートからの帰り道はタカオがオートバイで私の家まで送ってくれた。

私は久しぶりにタカオにしがみついて、タカオの干し草みたいな匂いを思い出した。その硬い背中の感じや、唇のふっくらしたところも。そう、帰り際《ぎわ》に、私たちは土手に並んで腰掛け、一つだけキスしたのだった。

「ごめんな。心配かけて」

と、タカオはそのときはまだ言ってくれた。

「マサコさんて綺麗《きれい》だね」

私も少し余裕が出てそう言うと、タカオはうれしそうに表情を崩《くず》した。

「あの人さ、あれで結構三の線なんだよ。平気で鼻、こんなこととかすんの」と、指で鼻を豚みたいに上げた。

タカオが言うには、最初はずいぶん年上だし派手な感じだし、カキモトくんも大胆だな、と思ったのだそうだ。でも、マサコさんはごく自然に部屋にやって来るようになって、時にはタイカレーを作ってくれたり、勝手に冷蔵庫を開けてビールを飲んでいくこともあるという。

「なんか、気軽にバーに寄ってく、みたいな感じなんだよ。でさ、これも、もらったんだぜ」

そう言えば見たことのない白いシャツを羽織《はお》っている。白いシャツだが、どこか高級感がある。ボタンのところには、イタリアの有名なブランドの名が書いてあった。

「社販とかいうので、買って来てくれたんだ。俺にも一枚だけね、おまけで」

「似合ってるよ」と、私は言ったが、受け取るのは敗北感ばかりだった。それはそうだよな、と思ったものだ。マサコさんは大人で、きっと料理もうまくて、色気があって、社販でゴージャスなシャツも買ってきてくれる。だがなんで、そんな人の相手がカキモトくんなのだろう。カキモトくんは確かに悪くはないし、バンビみたいな顔だけど、まだ甘っちょろくて、大学にはごろごろいるタイプじゃないか。

「夏の間に一度くらいは、私のことも海に連れてってね」と、言うと、その晩はタカオは、

「オウ」と答えた。

でも、結局海には行かなかった。

時折《ときおり》大学構内で会うと、タカオはホッケー部の合宿もあり、日に日に肌が焦《こ》げていったが、私だけは真っ白なままだった。二人の距離は、またその分離れていった。恋人同士は、同じ肌の色がいい。同じ色の中に染まっていくときが、きっとうまくいっている証拠なのだ。

秋のはじめの日曜日だった。

ある日私は、大通《おおどおり》へ妹と買い物に出ていた。母が二人にそれぞれ五万円ずつくれて、それでコートを買っていらっしゃい、と言われた。妹はフードのついたダッフルコートが欲しくて、私は衿《えり》のところにファーのついた細身のコートが欲しかった。大通の百貨店を探していて、私はタカオのシャツのブランドのショップを見つけた。重

たい白木で仕切られていて、隣の店とは違うのだという高級な印象を漂《ただよ》わせていた。

もしかしたら、と思った。

マサコさんは、ここにいるのではないか、と。

心臓が早鐘のように鳴り、だが私はその店の中へと入っていった。

「お姉ちゃん、ここのコートはきっと高いよ。ムリなんじゃないかな？　ドキドキ」

と、妹はいつもそうだが天真爛漫《てんしんらんまん》に言い、私は店内のコートを探すふりをして、黒い制服に身を包んだ店員さんたちを見渡した。

スーツコーナーのハンガーを直している人、接客中の人、そして一人、中腰になってレジカウンターのところでファイルをめくりながら電話をしている女の人がいた。

マサコさん、だった。間違いはない。その髪型といい、今日は眼鏡をかけているけれど、大きな目といい、写真と同じだ。爪《つめ》が真っ赤に塗られて長く伸びている。

「かしこまりました」

低い声でそう言うと、マサコさんは受話器を置いた。私の視線を感じたのか、ただ客にそうするように軽く頭を下げたが、これといって近付いて来たりもしなかった。

私はなお上擦《うわず》っていたが、妹の手を引いて近付いていき、カウンターの近くのコートコーナーでキャメルのコートを見た。柔らかく光沢《こうたく》のある、贅沢《ぜいたく》で素晴らしい生地のコートだった。

見栄《みえ》を張って妹の分のお金も取り上げて買ってしまいそうになったが、私はなぜか突然大声で言っていた。

「タカオが、こういう色は好きじゃないと思うんだよね」

それでちらっとマサコさんの方を見た。タカオという名前には、少なくとも何の反応も示さなかったようだ。どこにでもある名前だし、そもそもマサコさんにとってはただの一学生でしかないのだろう。なのにタカオが勝手にときめいているのだ。私は余計に情けなくなった。

店の外に出ると、妹は、

「お姉ちゃん、何か変だったよ」と、ふてくされている。

私は結局その日はコートは買わず、逆に妹のブーツのために一万円ほど貸してあげた。妹はさらに、パフェを食べたいと言い出し、それも奢《おご》らされた。

それでもその夜私の中に残った面影《おもかげ》は、レジカウンターの中にいたマサコさんのすらりと伸びた脚と、赤い爪と、そして少し疲れたような表情とほつれたような髪の毛、だった。負け惜《お》しみで言っているのではない。それはそれでむしろ色気があったが、写真の中の彼女の潑剌《はつらつ》とした印象とは対照的に、どこか物悲しく見えたのだ。

その夜は珍しくタカオから電話が来たが、私は彼女に会ったことは伝えなかった。

それで、少し聞いてみた。

「あ、ね、タカオ。マサコさんは元気？」

「なんで？」

「ただ、なんとなく。思い出しただけ」

「うん、元気なんじゃない？　カキモトくん、成人式の服選んでもらうとかって言ってたから……ただ、マサコさんついこの間までは不倫してたんだってさ。俺、それ聞いたら急にちょっと醒《さ》めた」

タカオが醒めてどうするんだと思ったが、もう動じなかった。

私は電話を切ると、鏡の前で衿足をあげて、黒いブラウスとスカートに着替えた。中学生の頃に使っていた眼鏡をかけて、唇にくっきり赤いグロスをつけた。そして、つま先立ちして、もう一度鏡を見た。急にウエストがきゅっと締まるように見えた。

不倫だなんて今の私には考えられなかったが、大人になることが、急に緊急課題として自分に迫《せま》っているように思われた。

カキモトくんはマサコさんが好きで、マサコさんは知らないおじさんが好き。私はタカオが好きで、タカオは……やっぱりきっとマサコさんが好きなんだろうな。そう思いながらベッドにばたっと倒れた。

買ったばかりのダッフルコートとブーツをはいて、妹が私の部屋をノックもせずにあけた。私が寝ているのを見ると、そっと明かりを消してくれた。翌朝は机の上に、メモが置いてあった。

〈お姉ちゃん、いつもありがとう。お姉ちゃんにも早く、タカオさん好みの素敵なコートが見つかりますように。　可愛い妹より〉

マサコさんと正式にご対面するようになったのは、その直後のことだった。

ススキノに生ジンギスカンというのを食べに行こう！　という電話がタカオから入った。

「マサコさんが急に言い出したんだよ。カキモトくんが、ミオもおいでよってさ」

急だったが、私はなんとか身支度《みじたく》をした。黒いシャツに黒いスカートとまではいかないまでも、ベージュのシャツの胸ボタンを二つあけて、細身のジーンズの裾《すそ》をめくって、茶のブーツを合わせた。それでいつもより、少しは大人っぽく見えたと思う。

それにしても生ジンギスカンだなんて、突飛《とっぴ》な提案だった。

ジンギスカンなど子供の頃から何度も食べているが、地元の人間がわざわざ食べに行くことはあまりない。

教えられたススキノの路地を入っていくと、古くて狭《せま》い店に、煙がもうもうと立ち上がっていた。カウンターが、調理場をぐるりと囲んで延びており、一人一人の椅子《いす》の前に炭をくべた七輪《しちりん》が置いてあり、会社帰りのサラリーマンなのか一人で来ている客も見えた。タカオたちはまだのようで、私一人で座っていると、三人がなだれ込むように入ってきた。

「イエーイ、ジンギスカンだぜ！」と、三人で手を上げる。マサコさんは、あのショップで見た人とはやはりかなり印象が違う。

私はすでにペースに乗り遅れていたが、誘われるままに生ビールを飲み、ジンギスカンを焼き始めた。

ジンギスカンといっても生の肉は、冷凍のように大きくスライスされているわけではなく、それぞれバラ切れといっていいほど小さく形も不揃《ふぞろ》いにカットされている。それに野菜は玉葱《たまねぎ》のスライスだけ。これが美味《おい》しくて驚いた。玉葱とジンギスカンだけでぺろっとひと皿食べてしまい、他の三人を見渡したが、彼らはすでにビールも二杯目で、ジンギスカンも皿を重ねている。

「じゃあ、私もおかわり。すごーい美味しいね」と、タカオに言うと、

「そうなんだよ。前にマサコさんに教えてもらってさ」と、すでにこの店を知っていた様子なのだ。

結局ジンギスカンでさえ、名古屋生まれのタカオの方が、札幌生まれの私よりずっと美味しいものを食べていたということだった。美味しいものを食べたとき、人は、ふっと恋人のことを思い出したりはしないものなのだろうか。きれいな物を見たとき、楽しかったとき、心が動くたびに相手のことを思い出したりするのが恋なのではないのだろうか。新聞で読んだけれど、イタリアの学者の調査では、恋をしている男女は一日に平均で十三回は相手のことを考えていた、という。

私は、それ以上。

タカオは、おそらくそれ未満。

でも、いい、今はこうして一緒に生ジンギスカンを食べているのだから、と私は思い直した。

思えば、この店に着いてから、皆焼いては食べ、食べては焼きと忙しかった。マサコさんは特に、自分のペースで飲み、食べ、どんどん気持ちよくおかわりをしていった。そして、本当にタヌキのようにお腹をぽんと叩《たた》くと、すっかり口紅のはげた唇の周りを、舌でぺろっと舐《な》め、

「うんと、マオちゃん、ミオちゃんか。もう一杯、飲んでこうよ！」と、ハスキーな声で私に言った。

私が彼女の勧めるお店を訪ねたことなど、微塵《みじん》も記憶にないようでほっとした。

そして彼女が一人でさっさと会計を済ませると、店の外に出た。タカオもカキモトくんも自分たちで払う気などさらさらないようだった。私は、マサコさんの後ろに立ってお財布に手をかけたが、

「いいの、今日は私が誘ったんだから。それにここ、安いのよ」と言った。

レジの数字を見ると、四人であんなに飲んで食べて、一万二八〇〇円とある。確かに安いや。大人の女の人は遊ぶのも上手なのだなと私は思った。

「じゃあ、この後は俺達が持ちまーす」

タカオとカキモトくんは、二人で肩を組んですでにふらふら歩きである。

「俺、大通公園行きたい！」と、タカオ。

「もう寒いぞー。うひょひょ」と、カキモトくんは何が楽しいのか身を捩《よじ》っている。

マサコさんは肩をすくめて私を見る。

そうして四人は大通まで人の波をかき分け進んでいった。時折人々が振り返るのはマサコさんがきれいだからなのかと思ったが、どうやら生ジンギスカンにいぶされた私たちは相当に臭《にお》っていたらしい。二次会は大通公園辺りが確かに無難だったのだ。

ススキノを過ぎ、大通に入ると、男たち二人がそれぞればらばらに飛び散った。タカオはどこかの自動販売機からビールの缶を買ってきたようだ。カキモトくんは、コンビニの袋に入ったつまみを持っている。

私はその間歩を止めて、彼らが戻ってくるのを待とうとしていたのに、マサコさんは言った。

「私たちも進んでいようよ。みんなが少しずつ、同じ方向に進んでいるっていうのがいいんじゃない」と、妙に説得力のあることを言った。

私は、マサコさんがもう嫌いにはなれないと思った。タカオの気持ちも理解できた。

大通公園の芝の上に四人で座り、ビールで乾杯する。

タカオとカキモトくんは、乾杯をすると、なぜか二人で東へ向かって走り出した。

マサコさんと私だけが取り残される形となった。彼女は煙草に火をつけ、空を見る。

「あ、見て見て、今日はきれいな月ね。細くて、儚《はかな》い感じ」

「あ、はい。下弦《かげん》の月ですけど」と、私がもっともらしいことを言うと、

「そっか、マオちゃんも頭のいい大学生だったのよね。偉いぞ」

「ミオです」

マサコさんは、だが意に介することもなく続けた。

「いいなあ。君たちはまだこれから、どこにでも進んで行ける。何者にだってなれる。まったく汚れていない。そんな風に見えるなあ」

私は、もう隠しておくのが嫌になって、お店を訪ねたことを話した。

「ごめんなさい」と、素直に謝った。

「ふーん、だからかな、今日会ったときに、どこかで会ったような気がしたんだ」

と、目を大きく開いて私を見た。

「私ね、あそこの、うちの会社の服がすごく好きなの。それだけは変わらない」

自分の両手で自分を抱きしめるように言う。

「なぜ、そんなこと私に話すんですか?」

「うーん、どうしてかな。マオちゃん見てると、少しいらいらするからかな。そのうち、辛《つら》い恋でもしちゃう、かな?」

マサコさんはまた私の名前を間違えただけでなく、バカみたいに楽しげに、そんなことを言った。

月の周囲に雲がかかり、鈍《にぶ》く銀色に光っていた。もうじき冬になるというときに、そんな月が見える。

「去年までは東京にいたのよ。東京のお店で恋をして、失恋して、でも戻ってきてもやっぱりあそこに勤めたの」

「それで今は、カキモトくんのこと、好きなんですか?」

私は尋問官のようになっていた。

「いいんじゃない、彼。なんだかキュートじゃない。それにロマンチストなのよ、いつも小さな素敵なプレゼントをくれるの。楽しい写真とか、彼が描いた絵とか、留守番電話に今日もとても素敵でした、なんて、ウフ、エッチね、入っていたり、励《はげ》ましてくれるの。だから私も、私に出来ることをしてあげたい。それでいいんじゃないかな……だめ？」

「さあ」

私は、勢いでビールの缶を開けた。酔いが一気に回って気持ちよかった。芝が冷たく濡れている。

「ねえ、それよりマオちゃん、何が買いたかったの？　うちの店で」

「コートが。でも高すぎて買えなかったから」

「社販で買ってあげるわよ」

マサコさんはそう言って、私の肩をぽんぽんと叩いた。

「コートだけはね、いいものを買っておいた方がいいのよ。あのね、昔キューバ危機っていうのがあったときのカストロがね、知ってる？」

マサコさんはそう言って話し始めた。一九六二年のことだという。キューバとアメリカとソ連が十三日間にわたる三つ巴《どもえ》の緊張状態に陥《おちい》った。どこか一国の代表がボタンを押せば、即、核を含んだ世界大戦に突入した。アメリカは若きケネディ、ソ連はフルシチョフ、キューバはカストロ、三人がぎりぎりのところで戦争はしない、と決める。互いの決断を信じようとする。そうして戦争は免《まぬが》れた。

直後、カストロはフルシチョフに手紙を送った。

〈あなたの国には雪というものが降るそうですね。いつか私も、見てみたいと思います〉

というような手紙だったそうだ。

そして、後にカストロは本当に冬にソ連の地を訪れる。飛行機のタラップから降りると、空から雪が降ってくる。カストロは両手を上げて、雪を受け取ろうとする。

「そのときにね、ものすごーく素敵なコートを着ていたそうよ、カストロさんって」

と、マサコさんは急に現実的にそう言った。

「もっともそんな話も、受け売りなの。私の好きだった人が生まれた年の出来事。君は、そんな雪の街に生まれたんだねって。恋って人を詩的にするのね」

私は首を傾《かし》げた。

「私には、恋は、闘いって感じです」

そんな話をしていると、タカオとカキモトくんは、今度は私たちの目の前を走り抜けて西の方へと進んでいった。何がおかしいのか、まだ笑い転げている。ホッケーの続きでもしているのだろうか。それとも、夢の続き？


喫茶店のマスターが、エプロンで手を拭《ふ》きながら、私のカップを下げに来た。と言うより、黙りこくっている二人に、さり気《げ》なく会話のチャンスをくれようとやって来たのだろう。


「もう一杯いかがですか？」

タカオが私の方を、どうすんの？　と言う感じでちょっと面倒そうに見上げた。

「いいえ、もう帰ります」と、私は言い小さくため息をついた。

「いいの？」

タカオが少し表情を明るくして言う。

私にとってはやっぱり恋は、まだ闘いに思える。夢中になり過ぎた方が負けだ。

でもタカオ、私たちは必死に受験勉強してここまでやって来て、せっかく出会って、せめて二人でいるときくらいは、時を止めてもよかったんじゃないかな？　でもタカオは案外強い男だったんだね。だから好きだったんだな、私は。

「人生は厳しいね」

私は最後にひと言だけそう言って、伝票を持ってレジに立った。最後くらいますますタカオにごちそうしてもらったってよかったのだが、マサコさんの真似《まね》をしてみたかった。

「人生は厳しいね……なんてさ、お前ちょっと面白いことというようになったね……俺、ほんとわかんなくてさ。誰か他に好きになったわけでもないし。ただ……」

「ん？」

「うん、何かやっぱり同じ方向、向いてなかった気がするよ」

私は何故《なぜ》か吹っ切れたような気持ちだった。外は真っ白く雪が降り続けており、ただ二人が別々に歩いて行くにはやはり街は寒かった。

私はタカオに手を振ると、そのまま大通まで向かった。銀行であるだけのお金を下ろして、そこへ入っていくと、マサコさんがいた。

私は奥まで入って彼女に近づき、眉間《みけん》に皺《しわ》を寄せて言った。

「ふられちゃいました、タカオに」

「うーん、そう」

マサコさんはますます目を大きく見開く。

「だからマサコさん、私にキャメルのコートを売って下さい。お金はこれで全部。足りない分は月賦で払います」

マサコさんは白い銀行の封筒に入った私のお金を数える。

「十分よ、何しろ社員割引にできるしね」と耳打ちしてくれた。

甘い香水の匂いが、私の耳元をくすぐった。

マサコさんはとても真剣に私のコートを選んでくれた。身丈は床に跪《ひざまず》いて確認した。

私はなぜか感動していた。それがプロという人の姿なのだと思った。

会計を済ませると、マサコさんが、もう一つ、別の包みを手渡してくれた。同社の白いマフラーと手袋だった。

「これは私からのプレゼント。だってこのコートは本来はまだマオちゃんにはちょっと、大人っぽいもの。顔の辺《あた》りに白を持ってきてあげると可愛くなると思ったの」

私はその場で、去年までの赤いコートを包んでもらい、キャメルに着替えたのだった。

そして、街に歩き出した。すでに夕暮れ時だが、今日も雪がどんどん降り、大地に飲み込まれていく。

この冬、私が失ったもの。拙《つたな》い恋。ロマンチシズムに欠けた恋人。

この冬得たもの。この素敵なコート。そして、大人になることへの憧《あこが》れ。

私は、両手をグレイの空にあげて、雪を迎え入れてみた。

ウェイト・オア・ノット

安達千夏

安達千夏（あだち・ちか）
山形県生まれ。1998年、「あなたがほしい」ですばる文学賞を受賞しデビュー。社会構成からはみ出した男女の絆を、性愛を通して描いた同作は選考委員からも絶賛され、話題となる。著書に、静謐な筆致で極限の男女関係を描いた恋愛長編『モルヒネ』（小社刊）がある。

失った、と感じる。男が体内から去る瞬間、普段は意識に上《のぼ》らないその場所に、確かに空洞が穿《うが》たれたと思う。何度でも、初めての経験のように、まず彼を失ったことに慌《あわ》て、続いてその余韻《よいん》の在《あ》り処《か》の空虚さを思い知る。織江《おりえ》は、一旦《いったん》離れた男の身体にしがみつく。大抵《たいてい》は、まだ足りないのかと男が笑う。肩か、首を抱いてくれる。眠気を堪《こら》え、髪を撫《な》でてくれる場合もある。やがて、上昇していた体温が平常に戻る頃、織江は〈失った〉という感覚を無くしてしまう。廻《まわ》された彼の腕の重みを感じたり、あくびを嚙《か》み殺したような笑顔を見ることで充足する。

満ち足りた気持ちは、どれだけの時間持続できるだろう？　一体何日、彼と会わずに過ごせるだろう？　軽く手を振り別れたその翌日から、手帳の日付を数えはじめる。でも織江は、その答えを未《いま》だに知らない。彼について考えを巡らせない夜など無い。だから、満たされた想いの消失点を見極めることは、難しい。肉体の内側で得た記憶、そしてあの喪失感、ときどきの些細《ささい》な発見、思い出し笑い、今すぐに会いたいという焦燥、不安、諦念《ていねん》、大人の分別。目まぐるしく交錯する様々な感情が、織江の正気を危《あや》うくしている。

織江はしばらくの間、長椅子《ながいす》の上で仰向《あおむ》けに寝たまま目を閉じていた。男が着衣を整える様子を聞く。薄手のチノを引き上げる音、ジッパーを閉める音、快《こころよ》い運動をした後の大きな深呼吸。

「そうやって、またオレを誘ってるの?」

織江が頭を左右に振ると、長椅子に張られた柔らかな革が首の下で軋《きし》んだ。

「それなら、もう服を着なさい」

「自分で剝《む》いておいて……」

「織江も協力しただろう?」

「逆。抵抗した」

そうか、と男は言い、左右の手のひらで彼女の乳房を覆《おお》う。

「これでとりあえず、隠すべき場所はカバーした」

「腰の辺《あた》りが涼《すず》しいのは気のせいかしら」

「両手を使ってしまったから、もう足しか残っていない」

「そんなことはやめて」瞼《まぶた》を閉じた顔で織江が笑う。

「こちらには、裸にした責任がある」

「それなら、あの時放り投げた下着を拾ってください」

「他の物はいいのか？」

「全部」

「また丸見えになるけど、手を離してもいいかな」

「許可します」

剝き出しの腹の上に数枚の衣類が置かれる。そのよそよそしい感触に、薄い腹筋が反応する。織江はゆっくりまぶたを開け、男の姿を探す。仕事が立て込み家に帰れない時のためにと借りている彼のワンルームには、グリーンが二鉢、パソコンの載《の》ったデスク、簡易ベッド、本棚、飾り棚。住人は見当たらない。キッチンから、軽い鼻歌が聞こえはじめる。彼女は、その視線を飾り棚に戻した。男は、ガラス製のペーパーウェイトを収集している。妻に内緒だから、この部屋にしか飾れないのだと言う。織江は、その言葉を信じてはいない。妻はきっとこの部屋を訪れているだろうし、その動機は、秘密のコレクションを探ることにあるのではない。

見つめられている。強い視線を感じ、棚の最上段を振り仰ぐ。濃く蒼《あお》いガラスの瞳が目に留まる。淡《あわ》い柔らかな金色をしたふくろうが、大きな双眸《そうぼう》で彼女を捉《とら》えていた。

「なんだ、まだ裸なのか」

水を満たしたグラスをデスクに置き、男は長椅子の肘に軽く腰を載せる。

「これから人と会うと言ってなかったか？」

「覚えてたの？　それでも、ブラウスに皺《しわ》をつけてくれたのね」

「約束は何時だ？」

「早く追い出したい？」

男は膝《ひざ》を叩《たた》き、

「あと十分で六時になる」立ち上がると、織江の上に覆い被《かぶ》さるようにした。

「待ち合わせは、普通、切りのいい数字だろ」

「約束は、七時。それより、あれ……。あの金色のふくろう、新しく買ったのね」

織江が指差すと、男は彼女の背中の下に腕を差し込み、上体を助け起こした。

「はじめてガラスのことを訊《き》いたな」

「私はあなたの奥さんじゃないから、あなたの収入がどんな愚《おろ》かな目的に費《つい》やされようとも頓着《とんちゃく》しない」

男は一瞬だけ目を伏せ、棚に向かうと、大ぶりなプラムほどの大きさのペーパーウェイトに手を伸ばした。果物のように、愛人に渡す。ふくろうは胴体が簡略化され、翼や脚は無い。全体の半分以上を顔が占《し》めており、細く通った鼻筋の両脇に、巨大な目玉が座っている。

「金色だとばかり思ってたのに、こうして近くで見ると複雑ね。下の模様が透《す》けてる。赤や緑や青、白。小花模様というのかな」

「ベネチアングラスの伝統的な模様の上に、ゴールドの透明ガラスをかけてある。曲線のところがレンズのようになって、見る角度で微妙に歪《ゆが》むだろう」

「歪みが、気に入って買った？」

「下に隠れた模様が気に入ったからだよ。自分の手に取って、よく見ないとわからない。店に置いてあるのを最初に見つけた時は、オレもただの金色のふくろうとしか思わなかった」

「独占的な男性は、女性に嫌われるのよ」

「これは自分だけが知っている、理解している、というのは誰しも望むことじゃないのか?」

「私は、何にも執着しないから」

織江が嘘をつき、男はため息をつく。

「所有したいものがない。そんなことが本当に可能なのか?」

ふくろうを持ち主の手に返した織江は、両手で持ったブラウスを洗濯物でも干すようにして二、三度振ると、

「そうね、少なくとも、今現在の望みぐらいならある。私は、このあとの時間もずっとここに居たい。仕事の打ち合わせなんか蹴《け》って、こんな服も着ないで、毛布一枚にくるまったまま、あなたと、好きなだけ話をして過ごしたい」

「それは、難しいね」

「……なら、私の性格に感謝するべきよ」

黙々と、仕事に向かうための身繕《みづくろ》いをはじめた。

「それでもう一人はどうなのよ」

玄関先にストッキングだけ脱ぎ捨て、冷蔵庫から水を取り出す織江に、パジャマ姿のルームメイトが問いかける。「どんなに有能に見える男でも、奥さんにだけは頭が上がらないものなんでしょ？」

「もう一人って誰のこと？」

「しらばっくれちゃって。妻子持ちなんて一人残らず恐妻家のダメオヤジー、って織江が言ったんだよ、たった今」

従姉の京香《きょうか》はぴたぴたと裸足《はだし》の足音をさせ、暗い廊下に消えると、ストッキングを手に戻ってくる。「所構わず靴下を脱ぎ散らかすのって、なんかオヤジっぽくない？」

「あとで拾うつもりだったんだもん。お酒飲んで帰ると、喉《のど》が渇《かわ》くんだもん。これ飲んだら、シャワーのついでにちゃんと洗濯籠《かご》に入れようと思ってたのに。さてはストッキング・フェチなんでしょ、京ちゃん」

単純な企業PRの契約を獲《と》るために、深夜まで酒に付き合い膝触れ合わせつつ酌《しゃく》をし「恋人と週に何回ぐらい会うのかな？」といった下卑《げび》た質問には恥《は》じらう演技まで御披露する。接待から戻った織江は、いつも、家庭持ちの男性に対する侮蔑《ぶべつ》的な暴言を吐いて溜飲《りゅういん》を下げた。聞き役の京香はよく心得たもので、翌朝の予定がどんなに早くとも寝ずに帰りを待っている。

「女二十九の酔っ払いか。やだねまったく」

「あのさ、京ちゃん、ストッキングって気持ち悪いのになんでみんな我慢して穿《は》くか知ってる?」

空のコップをテーブルに放置し、織江はスーツの上着を脱ぐ。そして床に落とす。そんなことどうでもいいよ、と京香がすかさず拾い上げる。

「理由は、パンツの上にもう一枚で少しは安心できるから。スカートは強姦に最適なお洋服です。かく言う私も、今日の午後襲われました」

「寝なさいよ、もう」

「こら、そこの美人レズビアン、私の懺悔《ざんげ》を聞きなさい」

織江は一枚ずつ衣類を剝《は》いでいき、既《すで》に下着姿になっている。

「私は、今日も、妻子ある男性とエッチしてしまいました。以上」

そのまま、へたり込むように床にうずくまる。

「もうダメ、眠いかも」

「手を貸すから……、ほら、ちゃんと歩け。ベッドまであと二メートル」

京ちゃんも人妻と不倫すればあ？　なんでよ。そうすれば私の気持ちが理解できるから。そんなもの知りたくないね。京香は従妹をベッドに横たえ、半裸のその肢体を隠すかのように急いで、毛布を引っ張り上げしっかりと覆った。

翌朝、頭痛薬を牛乳で飲み下す織江に、珍しく深刻な顔をした京香が言った。

「あんた、男なんて愛したらいけない」

「朝っぱらから、おはようを言うより先に、私をレズビアンに洗脳しようっての？」

そうじゃなくて、とエアロビのウェアをバッグに詰め込みながら、京香が応じる。

「男を本気で好きになったりしたら、あとは支配されるだけ。そう忠告したかったのよ、あんた昨夜つらそうにしてたから」

「女なら、その問題は生じないってわけ？」

「現在の社会システムでは」

女はかつて、食料や、香辛料や、金などと同じ、売買され譲渡される物品だった。嫁を貰《もら》う、婿《むこ》を貰う、といった「家」を基準とする考え方は、その名残《なごり》と言っていいのではないかな？　反論はある？　京香は、生徒のレッスンを始める前に、自分が出場する大会の振り付けを決めたいから、と鞄《かばん》と車のキーを手に玄関に向かった。

「織江、冷静な頭で想像してみて。あんたの男の奥さんって、私はどんな人か知らないけど、でも、そんなにしあわせじゃないかもしれないよ」

ドアが閉まる。血管が脈打つように痛むこめかみに中指を当て、織江は従姉の言葉を反芻《はんすう》する。

〈男を本気で好きになったりしたら、あとは支配されるだけ〉

それは出社し、メールのチェックや朝の会議や来客への応対に追われる中でも耳元で鳴り響き、次第に低くなり、囁《ささや》くように、けれど頑固《がんこ》に、数日の間彼女の意識の隅《すみ》に居座った。

前回の逢瀬《おうせ》から一週間の間が空《あ》き、不安と孤独感が兆《きざ》す頃、すべてお見通しというように男からの呼び出しがあった。織江は女友達との会食の約束を断り、朝に香水をつけてしまった手首を会社の洗面所で丁寧《ていねい》に洗い流してから彼の部屋を訪れた。男は、またオフィスに戻らなくてはならない、と二時間の猶予《ゆうよ》しかないことをその時になって告げ、すぐにスカートの中へ手を忍ばせた。

抱かれるのは嫌いじゃない。織江は、男の手に自分を委《ゆだ》ね、到達点を探し全身の筋肉を硬直させながら思った。私の見ているこの瞬間の彼を、家で待つ妻は知らない。もしかしたら、今晩こそは早く帰ってくるかしらと、手の込んだ料理などこしらえているかもしれない。彼女を抱く彼の姿、そんなもの、私には到底《とうてい》想像できない。彼女は、箱の中で待つだけ。私の肉体の安静をこうしてかき回し、奉仕と呼べそうな方法で追い詰める。呼ばれる度《たび》ごと必ず抱かれることに、思い悩んだ時期もあった。性欲の解消？　気晴らし？　でも彼は、私を必要としている。私たちには充分な時間が無く、手っ取り早く濃密な時を共有したいと思えば、それは自然に、身体を重ねあうという行為に行き着いてしまう。今日も、彼は多忙なスケジュールを割《さ》いて、妻ではなく、私に、分け与えてくれた。

「もし欲しければ、あげるよ」

シャツを着る男が言う。会いたくて、ようやくそれが叶《かな》い思わずきつくしがみついた織江をわざわざ制止し、丁寧に脱いでから椅子の背に掛けておいたものだ。先刻とは別のシャツで仕事に戻るのはまずい。もし口紅や、妙なしわが付いていればもっとまずい。織江は、軽い寂《さび》しさを感じた。

「欲しければ、って何を」

「ふくろうを見ていただろう」

「ふくろうだけではなくて、棚全体を見ていたけど。でも、最近手に入れたばかりなのに惜《お》しくないの？」

今回は大人《おとな》しく服を着て、織江は飾り棚に近付いた。「せっかく気に入って買ってもらえたのに、あなた、過去のものになっちゃったわよ……」金色のふくろうに話しかける。

「考え過ぎだ、織江」

笑う。男は、ネクタイを締めるために、鏡のある洗面所に行った。そこから、話し続ける。

「次々にコレクションを増やしていくわけだから、多少の入れ替えはあまり苦にならない。それだけだ」

こんなに持ってるのに、まだ必要？　織江は考え、しかし黙っていた。自分も、アクセサリーなど似たような物でもついつい買ってしまう。

「バカラの〈花園〉の話をしたっけかな」

「いいえ、聞いてない」

男は、バカラというブランドは知っているね、と少し熱っぽい調子が込められた声で言った。世界に三十ピースしかない〈花園〉というペーパーウェイトをこの目で見た。大中小、三段に重ねられたガラスの、一番下は西洋風の庭園を空から見下ろしたような細《こま》かな花模様、中段はアザミの蕾《つぼみ》、最後の小さなガラスには深い蒼の蝶が閉じ込められている。値段は、とても即決できる額ではなかった。しばらく逡巡《しゅんじゅん》し、意を決して再び店に出向くと、それはもう他人の手に渡っていた。

「あの時の喪失感が、いつまでも忘れられない。それからなんだ、本格的に集めるようになったのは」

顔を洗う水音。織江は、それが止《や》むのを待って、問いかけた。

「あの時逃した物に、どこかでまた巡り会えたら？」

「今度こそは躊躇《ちゅうちょ》せず自分の物にする」

「もし当座のお金が足りなければ？　そうね、例えば、その棚から別の物をトレードに出してくれという条件ならどうするの？」

「それぞれ思い入れはあるけれど、複数との交換でも惜しくないな」

身繕いを終えた男が、部屋に戻ってくる。強い力で自分を抱いていたさっきまでとはまったく別人だ、と織江は思った。性欲など、十代で飽《あ》きて捨ててきました、というスマートな佇《たたず》まいをしている。

「手に入ったら、別の物が欲しくなるのね。まだ手に入れられない物、すんでのところで逃してしまった物」

「逃した物に、最もこだわるんじゃないか？」

時の経過と共に、印象は薄れずむしろ結晶のように純化《じゅんか》していく。そんな意味のことを、男は熱心に説《と》いた。

「もう時間でしょう？」

「退屈だったかな」

「ううん、とても参考になった」

肩を並べて外出するわけにもいかず、彼より一足早く出なければならない織江は、上着をつかみ、別れのキスもせずドアノブに手をかける。「おい、ガラスの話ばかりで気を悪くしたのか」呼び止められたが、部屋を振り返る勇気は無かった。棚にディスプレイされているのは、ただのガラスではなく、彼がかつて抱いた、記憶の中の女たちではないのか？　とりわけ、ひときわ目立つ金色のふくろうの大きな目は、妻というポジションに就《つ》くことを許された一人の女性の、猜疑《さいぎ》心に溢《あふ》れた心象を象徴するかのようだった。

季節は織江を置き去りにする。慎重な男は記念日の類《たぐい》の一切を無視し、愛し合う者たちが寄り添う日には迷わず家庭を優先した。彼は彼女にいいわけをせず、彼女は彼に何も訊ねようとしなかった。触れられない、危ういバランスが、この二年余りの間、織江の神経を揺さぶり続けていた。

しかしある冬の日、ベッドで男の裸の胸に頬《ほお》を摺《す》り寄せていた彼女は、意外な言葉を耳にし、或《あ》るいは自分の聞き間違いではと重ねて訊ねた。

「聞き間違いではないよ。オレの二十四日の予定は空いている、そう言っただけじゃないか」

「もしかして、十二月だということを忘れてない？」

男の目が笑っている。織江は素直に、嬉《うれ》しいと告げた。それから、仰向けに寝た彼の腰にまたがるようにして身体を起こすと、

「大好きよ」ゆっくり前に屈《かが》み口付ける。「ねえ、ケータリングしてくれるレストランかカフェを探して、この部屋で二人きりで過ごしましょう」

「外に出たくないのか？」

織江は、今日は予期せぬことばかり起きる特異日なのだろうかと疑った。

「でも、誰かに見られたら……。クリスマスの晩だもの」

「見られてしまったほうがいい」

ふいに、抱き締められる。織江は続く言葉を待ったが、男はそのまま黙し、腕にだけ力を込めた。

見られたら。誰か、私たちを知る人とばったり出くわしてしまったら。その人が、見てしまったものを周囲に漏《も》らしたら。腕を組んでそぞろ歩くところを。レストランで、ワイングラスを傾け談笑するところを。なにかのきっかけで、つい、彼の頬に私が口付けてしまうところを。

織江は飾り棚に目をやり、心の中でふくろうに呼びかけた。〈あなた、かつて愛し合った人に、もうすぐ捨てられるのかも〉

「奥さんに……私たちのこと、ばれてしまうかも」

そうだね、と男は深い声音《こわね》で応じる。廻した腕の、強すぎる力を解く。そして、自分の仰向けの身体に被さった愛人の、背中の中心を指で撫で上げる。

「ばれても、平気?」

「潮時《しおどき》かもしれない」

心臓から、放散するように熱い痺《しび》れが走る。織江はうつ伏せの姿勢のまま横にずれ、男の隣に並んだ。

「奥さん、どうするのかな。あなた、後悔しない?」

「あの人のことは好きだったが、それはずっと以前の話だ。今は、愛情は感じられない」

〈あの人〉と妻を呼ぶ。

織江の胸の奥が冷え、その違和感にしばし戸惑《とまど》う。この感情には心当たりがある。

そう、これは、悲しみだ。

光溢れる飾り棚の、ひしめき合うたくさんのガラスたち。彼のテリトリーに閉じ込められ、忘れられ、彼がまた別の興味の対象を求め探しに出かけてしまうのを、じっと黙って見つめるだけ。バカラの〈花園〉は、逃してしまったから追い続ける。金色のふくろうは、もう隠された細工《さいく》まで見知ってしまったから惜しくない。そういうこと？

「プレゼントのリクエストを聞いておこう」男が言った。

「当日までのお楽しみ、じゃないの？」

「織江はこの間言ってたじゃないか。物には執着しない。そんな人間に、一体なにを贈れば喜んでもらえるものか、想像もつかない」

そうね、と瞬《まばた》きの間思案する。

「金色の、ふくろう」

男は肘を突き上体を起こすと、腹ばいになって棚を見つめている織江の、かすかに震えるまぶたの下を覗《のぞ》き込んだ。角度のせいでフロアスタンドの光がこちらに透けた、ガラスのような茶の瞳。彼女はふざけているのではない。

「それなら、帰る時に持っていきなさい」

男は戸惑っていた。しかし、それを表に出すつもりはない。

「何か、他に欲しいものは？　織江、無理にでも考え出してくれよ。オレはただ、気持ちを形にしたいだけだ」

「いいえ、他のじゃ嫌《いや》」

織江は、男の前で初めて、甘えた演技をした。

「見知った人が来ないような、少し離れたところのレストランを予約して頂戴《ちょうだい》。それか、個室のある小さな店。金色のふくろうは、その時に欲しいの。あなたが、強く惹《ひ》かれて手に入れたふくろう。ブランド物の指輪やペンダントより、ずっと、大切に出来そうだから」

物語にまだ先があれば、その途上なら、彼は追うだろう。でも、私を鎖につないでしまえば、彼は満足して背中を向ける。私はいつまでも、愛する人の帰りを待ちわび、ろくに視線もくれなくなった彼を恨《うら》むだろう。そうなれば、やがて私も〈あの人〉と呼ばれる立場になるかもしれない。

獲得してしまった所有物となり、いつか飽きられ捨て置かれ、過去の女に成り果てるのか、それとも、彼にこの身を渡さないことで、バカラの〈花園〉になるのか。とうとうピリオドをつけられなかった、未完の物語に。

「恋愛はね、勝負でもゲームでもないんだよ」

イブの夕方、黒いシルクのワンピースを着る織江に、あきれたような調子で京香が言う。

「あとで惜しくなって泣いても、私は関知しないから」

「そんなの嘘よ。私が泣けば、京ちゃんはおろおろしてあの手この手で慰《なぐさ》めようと躍《やっ》起《き》になるに決まってる」

「憎《にく》たらしい女」

鏡の中から言い、京香は、織江の背中のファスナーを上げてやる。

「ありがとう。それから、いつかの忠告も」

「やっぱりあれが悪かったか……」

深刻な意味合いで言ったつもりはなかった、と真剣に弁解する。「もしあの男を今の家庭から引っ剝がして、こっちにぶん取ってこれるんなら、それはそれでいいとも思うよ。必ずしも、あんたまで飽きられるとは限らない」

織江は、穏《おだ》やかな表情で耳を傾けていたが、

「もう決めたの」

人差し指を立て、前に突き出す。

「男は、世界に一人きりじゃないのよ」

「へえ、織江のターゲットは男だけ？　それって、はじめから人口の半分を除外してるんだよ」

「これこそが、私たちの共存の秘訣でしょ。戦うレズビアンと、シマを争う気はないの」

京香は瞬間的に言葉を失い、少し遅れて照れたような笑みを浮かべる。

「まんまと私の挑発に乗っちゃって。あんたが欲しくて、いい加減なアドバイスをしただけかもよ」

「別にそれでも構わないけど？」

「なんだ、嫌がってくれなくちゃ、からかい甲斐《がい》も無いじゃない」

従姉が着せかけるコートに袖《そで》を通し、

「じゃ、頑張って振り切ってくるとするか」

「言っとくけど、あんたが今夜あいつにお持ち帰りされても、別に、意志が弱いなんて馬鹿にしたりしないからね」

「不吉なことを平気で言う……」

ひょいと額《ひたい》を小突《こづ》いてから、織江は華奢《きゃしゃ》なハイヒールに足を入れる。

七夕《たなばた》の春

島村洋子

島村洋子（しまむら・ようこ）
大阪市生まれ。帝塚山学院短期大学卒業。証券会社勤務を経て、1985年、コバルト・ノベル大賞を受賞し、デビュー。女性の恋愛を赤裸々に描いた作品は、斯界の注目を浴びている。著書に『ビューティフル』『ポルノグラフィカ』『しょうよ。』『色ざんげ』『家族善哉』『タスケテ…』『惚れたが悪いか』、エッセイ『今度の恋は逃さない』『恋愛のすべて』など。最新刊に『ココデナイドコカ』（小社刊）がある。

私たちは友人だった。

友人というよりもっとうすい、目が合えば日に一度くらいは話す程度のクラスメイトだった。

中学を卒業して十五年、私たちは今も友人である。

特別恋愛感情も持つこともなく、卒業後、会うことも無かった。

だけど私たちはまだ友人を続けている。

ふだん、彼のことを思い出すなんてほとんどない。

とはいえ悲しいときや寂《さび》しいときにはふと思い出すことがある。

この寂しさを彼に埋《う》めてもらいたいとか、彼のことが急に懐かしくなって連絡をとりたくなるとか、そんなことは絶対になかった。

連絡先はわかっていても、連絡をとったって特別に話すこともない。

なんといっても私たちは何年も会っていないのだから。

しかし私は今でも彼のことを誰よりも近しく親しく思っている。


J君は目立たない生徒だった。

私も多分そうだったろうが、私の場合は勉強ができた。

勉強ができる生徒というのは黙っていても目立つものなのだ。

「百点が今回、ひとりだけいます」

などと、教師がさも自分の手柄《てがら》のように言いながら答案用紙を生徒に返却するとき、私は名前を呼ばれて前に出る。

それが厭《いや》だったのか、誇らしかったのかは自分でも判然としない。遠い記憶だからだ。

いや、当時に戻れたとしてもきっと自分でもよくわからないだろう。

私は勉強が好きだったわけではなく、勉強せずにはおられなかったのだ。

みんなのように適当に時間を過ごす勇気も余裕もなく、とにかく与えられた課題をきっちり理解しなくてはいても立ってもいられないというか、ぐっすり眠れないほど小心だったために、たまたま勉強ができていただけの話なのだから。

百点がもうひとりいる場合、そしてそれが男子である場合、それは絶対的にM君で、J君はそういうところには出て来なかった。

とはいえ、

「赤点の奴らは今日、補習する。放課後、理科準備室まで来ること」

などと、教師が勝手に階段を踏み外した人間に言うように名前を上げるメンバーにも彼は入りはしない。

掃除をさぼって呼び出されることも、スポーツ表彰を受けることも無く、バレンタインデーに紙袋いっぱいチョコレートをもらうことも彼にはなかった。

家が開業医で甘やかされて育ち、すべての新作ゲームソフトを持っているという人間でもなく、洋楽に詳《くわ》しくギターがものすごくうまい、ということでもなかった。

中学生になって怪獣マニアであるとか、帰国子女で外国語に堪能であるとか、テレビ番組をめちゃめちゃ見ているとか、親が有名な俳優であるとか、他校の女の子をラブホテルに連れ込んで勇名を馳《は》せたとかということもないし、跳《と》び箱の九段を飛んだ、という話も聞かなかったし、大車輪ができた、ということでもない。

背が高くて足が長く、ハンサムだ、ということもない。

太っていて不細工《ぶさいく》でどんくさい、というわけでもなかったが。

とはいえ彼は好かれていた。

あれはどういう表現を取ればいいのだろう、彼のような人間を形容するとなると。

彼と目が合うと幸福な気持ちになることが多かった。

たしかに彼はにこにこしていたが、別にお追従《ついしょう》や愛想《あいそ》でそうしているわけではなかった。

なのに彼と目が合うと柔らかな光がそこに降りて来るような不思議な感じがした。

私はそれを誰かに確かめたわけではなかったけれど、多分、みんなそんな気がしたのだと思う。

だから選挙をしたら大人気で彼に票が集まり、席替えのときはみんなが隣にすわりたがったのだろうから。

卒業式の一ヵ月まえくらいに、「同窓会委員」というものを決めることになった。

それは男女一名ずつで、クラス単位の大きな同窓会を開きたくなった者は、その委員に連絡を取るシステムになっているらしい。

「引っ越しや結婚などがあったら、男子は男子の、女子は女子の同窓会委員には届けること」という面倒なことが言い渡されていたが、それが唯一、簡単にメンバーを集められる方法なのだという。

私はその女子委員に決まったとき、あーあ、面倒だなぁと思った。

私は人気があって選ばれたのではなく、多分、勉強ができたから、というのが一番の理由だというのはわかっていたし、私は他人の世話を積極的に焼きたいタイプの人間ではなかった。

選挙というのはどういうわけか、適当な人間が思い浮かばないときはみんな発作的に勉強のできる人間の名前を書いてしまうことになっているらしい。

しかし男子はちがう。

J君がえらばれたのは多分、みんな卒業してもたまにはJ君に会いたいと思っていたからのはずだ。

委員は同窓会には必ず来ることになっているのだから。

「よろしく」

と黒板の前で彼は小さく私に頭を下げた。

十五歳の私はそのときその瞬間まで「結婚」なんて考えたこともなかったが、きっとJ君と結婚する女の人は幸福になることだろう、と天啓のように思った。

特にその女性をイメージするとか、その人に嫉妬する感情なんて湧きもしなかったけれど。


それから十五年、私たちは会うこともなかった。

私は女子大を出てから二度ほど会社を変わったが、ずっと事務を続けて来た。

中学のときあれほどできた勉強も、一流高校に入ってしまえばたいしたこともなく、すぐに中くらいの成績の平凡な生徒になってしまった。

「弁護士になりたい」などと思っていた、こどものころからの夢はあっさりと打ち砕かれた。

恋は三回ほどした。

一度目は大学生のときで、相手は三つ年上で有名な私大の医学部の学生だった。ほとんど初恋のようなもので、二股どころか三股もかけられていたことにすら気がつかなかった。

「どうしてあんな子と浮気なんてするのよ」

と凄《すご》んでみたつもりが、相手にあっさりと、

「俺にとっちゃ、おまえのほうが浮気相手だよ」

と開き直られてしまった。

そのときは涙なんて出ず、ただただ不思議な感じがした。

自分が信じていた世界がまったくちがう世界として存在していたというか、世界の色がカラーからモノクロになったというか、本当に不思議な感じだった。

それは春分の頃のことでこの世は光に満ち始める時期なのに、自分の鼻先には真っ黒な壁が立てられたように思えた。

私があの男にあんなひどいことを言われたのに、山手線は定時に動いていた。

うららとした日差しの中、買い物がえりのおばさんたちは道端で談笑していた。

この世には笑えることなんて存在しているはずないのに。

そんなことが続いたある夜、コンビニにビールを買いに行ったついでにポストを覗《のぞ》いてみると、封筒がひとつあった。

J君からだった。

コピーされた男子の名簿とJ君の手書きのカードが入っていた。

「大学入学にともなって移動した人が増えたので、今、僕が把握《はあく》している分の名簿を送ります。こんなものがしょっちゅう来てもご迷惑でしょうから、春分の日あたりを目安に年一回、お送りします」

一人暮らしをしてもう一年以上経っていたので、年賀状とダイレクトメール以外はあまり郵便が来ない私には、なんだかそれが特別なもののように思われた。

別に何を書いているわけでもなかったが、誰かが私のことを覚えてくれているというだけで、胸のあたりがほこほこと温かくなるようだった。

私は女子の名簿のコピーと手紙を同封した。最近、失恋したことは書かなかったが、学校のことと「いつか同窓会をしたいですね」と書いた。

返事を待っていたわけではなかったが、その日からポストを覗くことが日課となった。そしてその日課すら、どういう理由で始まったか忘れたころ、また春分の日がやって来た。

私は大学二年だったが、まったく好きな人もおらず、就職も良いところはないだろう、とわかり始めていた。

世界がカラーなのかモノクロなのかも判然とせず、女友達とカラオケに行ったり、バイト代で通販の服を買うくらいが楽しみの毎日だった。

J君からはやはり男子の名簿と、「配送のバイトに明け暮れ、結局、留年してしまいました。今年こそは同窓会をしたいですね。来年になればみんな就職活動やら論文やらで忙しいでしょうから」とあった。

「自分には恋人がいたのだ」と急に思い出した記憶喪失の女のように私は張り切った。

とはいえ書くことがない。

中学三年生の一年間、同じクラスだった以外には、私たちには共通の話題などまったくないからだ。

だから学校のことを少しと、「本当に今年こそはみんなに会いたいものです」と書いた。

「みんなに」というところをよっぽど「あなたに」と書きたかったが、我慢した。

もちろんJ君から返事があるわけはなかった。

翌年、私は再び恋をしていた。

J君のことなどまったく思い出さずに日々は過ぎた。

その春分の日の頃は公務員の彼とラブラブで、ポストの中に手紙を見つけたときは、これはなんだろう、としばらく考えたくらいだった。

彼の手紙には、自分が勉強している半導体の話と十数年飼った柴犬が死んだことが書かれてあるだけだった。

私は付き合っている恋人のことは書かず、通りいっぺんの就職活動のことを書いた。

時間だけが経過していった。

そしてそのうち、「なんであんな男とラブラブだったのだろう」と過去の自分に質問したいくらい厭になって、その公務員とは別れた。卑怯《ひきょう》な男だったのだ、あらゆる意味で。

私は就職し、一年遅れてJ君もある家電メーカーの研究者として就職した。

その間、誰からも「同窓会をしたい」などという申し出はなかった。

やがて私は職場で不倫の恋を始めた。

結婚している男は、「結婚していることだけが唯一の欠点となる」ので、そこだけに目をつぶれば、誰でもたいがいはいい男に見えるのを私はまだ知らなかった。

彼になかなか会えないのも、彼が不誠実に見えるのも、彼と大っぴらに出掛けられないのも、約束が突然、反故《ほご》にされるのも、それは単に彼の性格が悪いのだとは思わず、すべてを「彼は結婚しているからしょうがないのだ」と私は考えていた。

私があることにさえ蓋《ふた》をすれば、それはそれは仲良く関係は続くのだから。

そんなときでも春分の日が近づくと、J君からは手紙が届いた。

女子の名簿のコピーを眺《なが》めながら、姓の変わったクラスメイトもずいぶん増えたな、とぼんやり私は思った。

何回か結婚式に出て、そのたびにかつてのクラスメイトたちと「近いうちに絶対に同窓会、しようねぇ」と言い合ったが、それが実現することは当分なさそうだった。

その後、しばらくしたらこどもの写真入りの年賀状がどんどん届くようになったので、「同窓会なんてことをしたい人間なんてどこにもいないのかも知れない」と思うようになった。

それでもみんなからは律義に住所変更の知らせが届けられるので、やる気があるのかも知れない、という考えも捨てられなかったのだが。

J君はずっと研究職についたままらしく、住所も親元のまま、何の変更もなかった。

自分には何の権利もないことがわかっていたが、とにかくJ君がまだ結婚していないということだけが私の心のよりどころになってもいた。

私は職場不倫のために結局、会社をやめることになった。

もちろん不倫だけがやめる原因ではなかったが、会社にばれたとたん、自分たちのことをすべて三人称を語るように話すようになった男の顔をこれ以上、見たくはなかったのだ。

春の異動の前に私は職場を去った。

微々たる退職金を抱《かか》えて、私は引っ越しを決めた。

その頃、J君からまた手紙が来た。

そこにはマルチーズを飼い始めたことと、「小山《こやま》さんは昔からできる人だったので、仕事でもきっと優秀でしょうね」などと書かれてあった。

多分、去年私が書いた「研究者だなんてかっこいいですね。私は相変わらずしがないOLです」に対するフォローの返事なのだろう。

既《すで》に私はもう中学のときのように優秀な女の子ではない。

凡庸以下のくたびれかけたOLなのに、そしてその職場すら不倫の恋の発覚というみっともない形でやめてしまったのに。

それまでは機会があればJ君に会いたいと思っていた私だったが、もう二度と会いたくはない、と思うようになった。

彼の中での私は勉強ができる明るい中学三年生なのだ。

こんな薄汚れた女ではないはずなのだから。

そういえば歯を磨くときに目が合う鏡の中の私はくたびれている。

くたびれている、というような生易《なまやさ》しいものではなく、くたびれ果てている、といった表現がぴったりのような夜もある。

そしてもうそのくたびれ自体が自分にとって特に意味をもたないほど、どうでもいい気持ちの日も多くなっていた。

親のすすめで見合いもしてみた。

金融関係ですごい羽振《はぶ》りのいい人だ、という話だったが、会ってみるとサラ金屋の店長代理だった。

美男と言えば美男だったが、寝室のクローゼットに赤毛の女を何人か隠していそうな男だった。

私はなんとなくそんなところがいいな、と思い、しばらく付き合ってみたかったのだが、向こうから断って来た。理由はわからない。

あいだに入った人にそれとなくきいてみると、「自分で自分を持て余している感じがしたから」という見事な分析の答えが返って来た。

腹が立つより感心した。

さすが金貸しは相手を見る目がある、と思った。

その頃、またJ君から郵便が来た。

手紙はフィラデルフィアから投函されたもので、そこにある工場の研究室にいる、と書いてあった。

温かな光のようなJ君はいつまでも中学生ではなく、しっかりと大人になり、フィラデルフィアなどという私が行ったこともない町で、私が生涯、知ることもない物事の研究をしているのだ。

絵葉書には「庭の芝生にはリスがいます」と書いてあった。

彼が遠くに行ったおかげで「お帰りになったら一度お会いしたいものですね」と私は初めて「会いたい」といった意味の返事を書くことができた。

そこに女子の名簿を同封したことは言うまでもないことだけれど。

別に恋人にしてもらおうなんて大それたことを思っているわけではないのだ。

ただあのJ君の柔らかな笑顔を時折《ときおり》、思い出して、会いたい、と素直に思えるようになったのだ。

私はもう気取る元気すらなかった。

もちろんJ君からすぐに返事が来ることはなく、私もそれを期待したわけではなかった。

私の同級生はみんな子育てに忙しく、あるいは仕事に忙しく、過去を懐かしんでいる暇は無いだろうけれど、それにしても誰かひとりくらいは「同窓会をしよう」と言い出してもいいころだと思う。

別に三日三晩泊まりがけで同窓会をしよう、と言っているわけではないではないか。

一日、いや半日、ほんの何時間のことではないか。

なのにみんなで集まることはこんなにも難しいことになってしまったのだ。

ほんの十何年か前は毎日、毎日、飽《あ》きるほど見た顔たちに今は会うのがこんなに大変なのだ。

私は何も変わらない。

引っ越しは二回した。

恋も何回かはした。

職場は二度ほど変わった。

肌は曇りガラスのようにくすんで来た。

それでも私は変わらない。

変わることができなかったのだ。

優等生ではなくなって、優秀な社員でもなくなって、バージョンダウンしてはいるけれど、私は見事に変わることができない。

他の人々のように、毎日を楽しまなくては損だ、とは思えない。

簡単に楽しむことに私はきっと罪悪感があるのだ。どうしてかはわからないが。

こんなくすんだ私が年に一回の数行の手紙を楽しみにしている、と知ったら、J君は喜ぶよりも怖がるだろう。

J君にはきっと恋人がいるだろう。かつても何人もいただろう。

彼は本当に好かれる人だったから、昔から。

たった数行の手紙ですら、遠く離れたひとりの女を勇気づけることができるのだから。

それから私はすぐに引っ越しをした。

前に住んでいた所からは車でも四十分はかかる住宅街だ。

無職なのに引っ越しをする、というのも冷静に考えたら大変な勇気だが、私は何かを新しく起こさないと自分の中からどよどよと腐っていきそうな確信があったのだ。

仕事は大きいところやかっこいいところなどとえり好みをしなければ、幾つかあった。

　大手居酒屋チェーンの経理に私は配属され、前よりも基本給が良くなった。

　居酒屋といえば古いイメージだが、すべてはコンピュータ管理されていたし、有名デザイナーがデザインした事務服も与えられた。

　恋人はできず、友人も新しくはできなかったが、それでも私は自分のことを大切にすることを覚え始めていた。三十歳が近づいていた。

　高いレストランでワインを頼むとか、海外旅行にでかけるとか、お稽《けい》古《こ》事《ごと》に張り切る、というわけではなかったが、疲れている日は無理せず休む、ということと、付き合いたくない人とは付き合わない、といったことを守っているだけで、私は自分のことをずいぶん好きになることができたのだ。

　そんなことをしているうち、新住所にＪ君から手紙が届いた。春になったのだ。もう何年も続く恒例行事なのだけれど、その何年にもわたって私の胸はときめき続けていた。

　しかし中に入っていた手紙はいつものものとまったく違っていた。

　そこにはいつものように男子の名簿と、手書きのカードがはいっていたが、その内容は私の想像と違っていた。

「理由は言えませんが、しばらく名簿管理ができなくなってしまいそうです。男子の住所変更も小山さんにお送りするように、連絡のつく男子全員に知らせておきますから、大変でしょうが、男子の分も管理してください」

私は何の変哲もないタンポポか何かのカードを長い間、眺めていた。

投函したのはやはりアメリカのどこかかららしかった。

こすれて読み取れなくなった消印は確かにアメリカ合衆国のものだったが、住所に関しては記入がなかった。

研究がとても忙しくなったのだろうか。

それともアメリカ人の女性と結婚することになって、彼女がとても嫉妬深くて日本に手紙すら出せなくなったのだろうか。

もう三十歳になる男なのだから、それなりの理由があるのだろうとは思うが、他の理由は平凡な毎日を送る私には想像もつかなかった。

ただ私はもうそれを彼に質問することすらできなくなったのだな、ということと、もうこれからはJ君からの手紙は来ないのだ、ということだけがわかった。

それがどれだけ私を消沈させるものだったか、私は自分でも驚くほどだった。

しかしどこにも誰にもこの気持ちを訴えることなどできはしない。

これは私とJ君だけが知っている長きにわたる信頼の印だったのだから。

透明のゼリーのように胸や頭の中にぷるぷると震《ふる》えてわだかまる悩みともつかない不安定な感じを抱えながら、それでも私は日々をやり過ごした。

居酒屋チェーンの事務の仕事は意外なことに前の職場のそれよりも楽しくやりがいがあったのが、救いと言えば救いだった。

ぽつぽつと、住所変更のために男子から手紙や電話がくるようになった。たいして仲良くなかったクラスの男子から住所変更届けが来るのはものすごく変な感じである。

電話があったのは二人で、ひとりはものすごくおとなしくて目立たなかった男だった。

彼は広告代理店に入ったあと、自分で会社をおこしたらしく電話でぺらぺらと何でもよくしゃべった。

「へえ、小山さんって絶対にすごいばりばりのキャリアウーマンになっているはずだ、って俺は思っていたけどなぁ」

という彼の言葉に、ううん、ぜんぜん、地味な仕事よ、と笑いながら返事できる自分に私は感心した。

負け惜《お》しみではなく、追従でもなく、私は本当に平気に毎日を生きていたのだ。

「日々は多分、勝ち負けではない」ということに私はようやく気づいたらしい。

彼は生まれたばかりの娘の容姿の自慢を少しと、自分の会社の仕事内容を少ししたあと、

「じゃあ、絶対に近いうち、同窓会をやろうね」

と言った。

そして電話を切り際《ぎわ》に、

「そういえば小山さんはJの消息、知ってる?」

と思い出したように尋《たず》ねた。

もちろん私に答えられるわけはなかったが。

日々はぼんやりと過ぎていき、本当にJ君という人間はいたのだろうか、と思うようになりつつあったころ、また一本の電話があった。

それはM君だった。

M君はとても勉強ができた。

私のように小心のあまりに勉強をしている、というより、今思えば彼は本当に頭が良かったのだと思う。

M君はまだ独身で、獣医になっていた。

「獣医ったって獣なんて見やしないよ。犬と猫、それにフェレットと熱帯魚。でも熱帯魚のことは俺はよくわからないな。適当」

彼は「同窓会をしよう」なんて月並みなことは言わなかった。

「同窓会、あったとしても俺はきっと行けないな。入院している患畜がいると出られないから。その日になって突然、出掛けられるときもあるんだけれど、日にちが決まっているとなかなか約束できなくて」

とあっさりと言った。

彼には過去の思い出よりも、過去の友情よりも、大切なものがあるのだろう。

そしてそれは正しいような気がそのときの私にはした。

彼はやはりJ君のことを私に質問したけれど、やはり私は何も答えられなかった。

ただJ君も同窓会委員をやっていたにもかかわらず、卒業後は誰ともほとんど連絡をとっていなかったことがわかった。

あんな人気者だったのに、と私は少し意外な気がした。

「俺、あいつ好きだったな、Jって。あんまり自己主張しないんだけれど、みんなの中でにこにこしてて」

「私も」

私はうなずいた。きっと彼は外国でも人気者になっていることだろう、と思いながら。

「それにしても小山さんに試験で負けると俺、悔しかったな。なんであんな女の子に負けるんだろう、って真剣に悩んだもん。そのわりには勉強熱心じゃなかったんだけどさ」

私は居酒屋チェーンでの事務の仕事の話を少しした。

「えっ、じゃあ、割引券とかもらえるの？　じゃ、突然、出られるようになったら小山さんに電話するよ」

愛想で言ったのか、本気で言ったのかは知らないが、私はとてもうれしかった。

べつに恋が芽生《めば》えることを期待したわけでも、旧交を温めることを楽しみにしたわけでもなく、なんとなくある日突然、誰かから電話があるかも知れないということを期待せずに待つのはうれしいことだった。

春分の日が来ても、J君からの手紙は来なかった。

連絡が来たのは年末のことだった。

それは薄い色のインクで印刷された葉書で『長男Jは今年、六月十日、事故によりメキシコ国ティファナ市で不慮《ふりよ》の死を遂《と》げました』と両親の連名で書かれていた。

そして最後に手書きのインクで「息子は年に一回のあなたの手紙をそれはそれは楽しみにしておりました。アメリカに渡ってからは特にそれだけが楽しみだといってもいいくらいでした」と女らしい文字があった。

私はその葉書を炬燵《こたつ》のうえにずーっと置いておいた。

どうしてよいものやら、わからなかった。

ご両親に電話したほうがいいのだろうか。

いったいメキシコで何があったのだろう。

どう考えても私たちは特別に親しい間柄ではなかった。

しかし私たちはこの十五年、一緒に生きてきた。

大人になった顔すら、お互いに知らないのに。


暮れも押し詰まってきて、たまには実家に戻ろうと思った日の夕方、M君から電話があった。

「今日、俺、出られそうなんだけど小山さん、どう?」

「だいじょうぶよ」

私は即座に答えた。

タイツをはきながら考えたが、M君にJ君のことを伝えるのか伝えないのか、自分でもよくわからなかった。

実家に戻ったらうちからそんなに遠くはないJ君の家を訪ねていいものやらどうやらもわからなかった。

ドアの鍵をかけながら、果たして私は待ち合わせ場所で十五年ぶりに見るM君の顔がわかるのかな、とぼんやり思ったりした。

聖セバスティアヌスの掌《てのひら》

下川香苗

下川香苗（しもかわ・かなえ）
岐阜県生まれ。岐阜大学教育学部哲学科卒業。在学中の1984年、コバルト短編小説新人賞を受賞し、デビュー。その後、『小説版・ご近所物語（全8巻）』『オルフェウスは千の翼を持つ』など、集英社コバルト文庫他で活躍。著書に、『神様の薔薇』などがある。

『憎《にく》しみで人が殺せたら』——気がつくと私は、呪文のようにそればかりを心の中でくり返し、考えるようになっていた。

いつからかは、わかっている。一年前のクリスマスの前日。あの男が去ってからだ。私に限りない恥辱《ちじょく》と痛手を与えて、風のように消えたあの男。

強く思い詰めればその念が天に届くものなのか、それとも謡曲『鉄輪《かなわ》』のように丑《うし》の刻に日参すれば叶《かな》えられるのかと、渦巻く恨《うら》みばかりを膨《ふく》らませながらも、結局何もできずに今日までの日を過ごしてきた。

——でも、もうすぐ、もうすぐ実現するときが来る。

東へ向かう新幹線は、ちょうど行程の半《なか》ば、浜松《はままつ》あたりを過ぎようとしていた。浜《はま》名《な》湖のマリーナには係留されたヨットが静かにたたずみ、湖面は冬の陽に温かくきらめいている。

ゆったりとした風景に目を当てながらも、表情がこわばって眉間《みけん》にしわが寄っているのが自分でもわかる。ひざへ置いたバッグの口を開けて手を差し入れると、私はハンカチに包まれた物を指でさぐった。硬い感触を確かめる。布の下には、鈍色《にびいろ》に光る刃《やいば》が息をひそめているはずだった。

「百合也《ゆりや》」なんて出来すぎのわざとらしい名前は誰が聞いても後から作ったと思うだろうが、それはあの男の本名なのだった。

百合也に出逢《であ》ったのは、去年の夏の終わり。新学期の始まりの日。出産で休む教師の代わりに臨時採用で新人がきたので、同じ学年の担任だけで歓迎会をした夜のことだ。

大学卒業と同時に私は教師になって、六年目。通勤の便のため、当時は独り暮らしをしていた。実家は北の郡部だが、配属先が市内の小学校だったからだ。もっとも学校から車で十五分のその一軒家は親戚の持ち物で、どうせ空《あ》いているから家賃も要《い》らないという気楽なものだったけれど。

最初は先輩に叱《しか》られることも多かったが、幸い崩壊するクラスにも当たらず、二、三年のうちには要領もつかめ、掃除をさぼる児童をもっともらしく注意したり、遠足やキャンプの引率に声をはり上げて、長期の休みには女友達と旅行する余裕もできた。たとえるならそれは、整然とした並木がほどよい木陰を作ってくれる、舗装されたまっすぐな道をゆるゆる歩いていくような、そんな毎日。ついと爪先《つまさき》だって先をのぞけば、障害物はなく、ずうっと遠くまで見通せる。

「今日は飲みましょうよ。私の行きつけのお店へ案内するわ」

学校近くの鮨《すし》屋での宴会がはねた後、学年主任の滝田《たきた》先生がそう言って先頭に立った。彼女は五十歳を越えたベテランだが、学校きってのおしゃれとグルメで通っている。

タクシーに分乗して向かった先は、小路の突き当たりにある狭いが落ち着いた雰囲気のバーだった。カウンターの中に立っている和服の老婦人が経営者兼マダムだという。使い込まれた一枚板のカウンター、伊万里《いまり》に飾られた野の花。

目を転じて、奥にバーテンダーが一人いるのに気づいた。二十代前半らしい若い男だが、ありがちに脱色しない黒いままの髪をして、シンプルな白いシャツをきっちりと着ている。端整な目元にダウンライトで濃い陰影が落ちていて、ふと私はいつか見たイタリア・ルネサンス期の宗教画を思い浮かべた。

美術科出身の同僚が持っていた画集の中、矢で射殺された青年の姿。芸術全般にはさっぱりうとい私だけれど、後ろ手に縛《しば》られ身をよじって天使を仰《あお》ぐさまが妙に脳裏に焼き付いている。首を射《い》抜かれて血を流す苦悶の表情が、悲しみにも歓《よろこ》びにも見えて。

あれは聖セバスティアヌスと言ったかしら。ローマ帝国でキリスト教が迫害された頃、殉教した兵士だったという。あの聖人に似ている？ いえ、顔立ちが似ているわけではないけれど、印象が似ているんだわ……。一瞬のうちに、いろいろな考えがよぎる。短いような長いような、不思議な一瞬だった。

当然のように滝田先生がカウンターの真ん中に陣取り、あとは自然と偉い順、つまり年齢順に座っていった。

「何になさいますか」

カウンター越しにバーテンの男が尋《たず》ねてきた。ささやくような声だ。私が答える前に、滝田先生が、

「百合也君が適当に選んであげて。この人、お嬢さんだから慣れてないのよぉ」

歌うような調子で声高に言った。バーテンは軽くうなずき、やがて華奢《きゃしゃ》なグラスに入った淡《あわ》く白いカクテルを私の前へ置いた。

少々むら気なところのある滝田先生だが、その夜は一次会からずいぶんとお酒が入って、たいそうご機嫌だった。座の話題は主役の新人から産休の同僚のことになり、それから端の席にいる私へ移った。

「つぎは山崎《やまざき》先生が、がんばらなくちゃねえ。結婚資金なら、もう充分たまってるでしょう。相手くらい、さっさとみつけちゃいなさいよ」

意味深長な笑みを浮かべて、滝田先生がこちらを見やってきた。

一カ月ほど前、私は友人からある男性を紹介されて交際を始めていた。彼の名前は片山《かたやま》といって、三つ年上の、他校に勤めるやはり教師。両親以外まだ誰にも話していないが、顔の広い滝田先生はすばやく情報をつかんでいるのかもしれない。教師の世界では、紹介とはすなわち結婚に直結している。

あいまいに笑みを返しながら、ちらりと私はカウンターの中の男の耳を気にした。恋愛の舞台から降りつつある味けない女とは見られたくないな、反射的にそう思ったのだ。

その時彼は反対端にいて、先輩教師が彼をからかっていた。

「あなた、百合也君っていうの？　ハンサムだからモテて困るでしょう」

「そんなことありませんよ」

控《ひか》えめな声で答えて、はにかんだようにうつむく。白いカクテルをなめながら私は、その横顔をそっと盗み見た。視線に気づいたのか、男が目だけで微笑を送ってきたように思えた。あわてて顔をそむけて、ぐいっとグラスをあおる。白いカクテルは口当たりが爽《さわ》やかで飲みやすかったけれど、意外にしつこく濃厚な甘い味が舌に残った。

それきりだったら、私と彼の間に、もちろん何も起こるはずはなかった。

『失敗は罪悪』——幼い頃から、私は、無言のうちにそう教えられて育ってきた。

両親はこれまたともに教師で、特に長女の私には、こうあってほしいという進路を、高校、大学といつも示した。でも、それはさほど苦痛ではなかった。とりたてて、私には特技も趣味もなかったから。

両親の目下の最大の関心事は、私の結婚だ。ことあるごとに、父と母は言う。

「結婚で大事なのは家同士の釣り合いだからね。相性なんてのは、後からついてくるもんなんだよ」

失敗しないようにするのは、わりと簡単だ。自分の身の丈《たけ》に合わないことには近づかない、見ないふりをする。これがコツだと学び、いつしか私自身も失敗しそうなことは避けるのが癖になっていた。身のほど知らずは格好悪い、と。

でも、ふっと思うことがある。

小学校の、とりわけ低学年の担任は実質的にはなんでも屋だ。理科の実験もすれば、合唱の指導もする。大学で専攻した国文学や卒論には、どれほどの意味があったのだろう。子供を預かる教師は重要な役目と理解はしているつもりだけれど、私は一生なんでも屋なのか。

中身と同じで、私には外見にもこれといったものがない。特徴のない顔、良くも悪くもないスタイル。中級の既製服みたいな私の姿を、昔の同級生の何人がすぐに思い出してくれるだろう。

どれもこれも、とりとめのない考えだったけれど、ちりっちりっと時々、私の心の隅《すみ》を疼《うず》かせる。

その後も、私は片山と、週一程度で映画や食事に行くつきあいを続けていた。

休日にデートするときでも、彼はいつも背広にネクタイを締めてくる。公開授業も率先してこなす熱心な先生、と評判は良い。熱心だが仕事一辺倒ではなく、冗談も言うし、流行の音楽の話もするし、スキーなども楽しむらしい。

片山にはおかしな習慣があって、デートの最後にはいつも喫茶店へ入り、手帳をテーブルの上へ出して、

「つぎはいつ会いましょうか」

まるで会議の予定を立てるように、必ず尋ねるのだ。そして必ず、あわてて付け加える。

「ぼくはいつでも。則子《のりこ》さんの都合のいい日を言って下さい」

無骨なそのやり方はロマンチックには程遠いが、いかにも人がよさそうで好感が持てた。

つぎの誕生日が来れば、私は二十九歳。片山とのことはすでにあらかた定《さだ》まったも

のとして、私はこの人と結婚するんだなぁと予感していた。まだキスもしていないけれど、新居の場所とか、将来の話はし始めている。

きっかけは、住宅の庭先から金木犀《きんもくせい》が匂うようになった頃の日曜日。そろそろ出揃《でそろ》った冬物の買い物にデパートへ行き、帰りに地下で惣菜《そうざい》を求めようとした時だった。

夕刻で混み合う中に、百合也がいた。濃紺のシャツをラフにはおっている。私が会《え》釈《しゃく》すると彼も気づき、「食事の支度《したく》がめんどくさくて」と照れくさそうに言った。どうせ私も一人で食べるからという理由で、近くでいっしょに夕食をとった。

もしも、そのときに彼が少しでも誘いかけてきたら、私は断固拒否していただろう。男と気軽に寝るなんてプライドが許さない。しかし、彼は客をもてなすバーテンのままの丁重《ていちょう》な態度で通した。

そのくせ彼と別れた後、私はすべてが急につまらなく見えて焦《あせ》った。ざわざわと胸の隅が騒ぐ。

彼は若く美しい。あの聖セバスティアヌスに似た男にとっては、やっぱり自分は魅力がないのだ。冷静にそう判断すると、ひどく打ちのめされた気持ちになった。

ゆるゆる歩いていた道の脇の木立をひょいとのぞいたら、美しい花をみつけた。このまま行き過ぎるのか。私は、じきに三十歳になる。私は、じきに結婚する。長居はしない、ほんの一時《いっとき》、花にみとれるのもいいのではないか。

だから二度目に同じ偶然が起こった時、サイを振ったのは私のほうだった。正直に言えば偶然ではない。また彼に会わないかと期待して、日曜の夕刻にデパートの地下をうろつくようになっていたのだ。

「うちへ来て、ちょっと飲まない？　もらい物だけど、いいワインがあるんだけど」

引き止める声が震《ふる》えてかすれた。

百合也は自分から動きはしなかったが、私が投げたサイはあっさりと受け止めた。


新幹線が、東京へ到着した。

乗り換えて、新宿まで。駅の構内は人で満杯の迷路のようだ。間違って上がった出口にはホームレスのダンボールハウスがぎっしりと並んでいて、その異様な光景に息を飲み、ようやく外へ出たときには雑踏の空気で喉《のど》が痛くなっていた。

シティホテルに泊まる余裕がなかったので、手頃なビジネスホテルを探した。明日は日曜だが、月曜日も一応休みをとってある。

百合也は、この街にいるはずなのだ。

初めて寝た後から、彼は時おり私の家を訪れるようになって、最後の一カ月はマンションを引き払って私の所に住んでいた。けれども、つきあい始めて三カ月たったある日、私が学校から帰ると、荷物いっさいと共に消えていた。ひとことの書き置きさえなく。勤め先のバーは、とっくに辞《や》めていた。

彼がどこへ行ったか探そうと思った。ところが、それどころではない事態に私は陥《おとしい》れられてしまっていたのだ。原因をこしらえていったのは、百合也だった。

時間をおけば決心がにぶる気がして、ボストンバッグを床に置いた続きの動作で、私はバッグの内ポケットから小さな紙を出すと部屋に備え付けの電話を取り上げた。

百合也の居所がわかったのは、コンビニで開いた旅の月刊雑誌が発端《はったん》だ。当地の店紹介の欄、ショットバーの写真の隅に立ち働いている彼が写っていた。ごく小さくだったけれど、私は見落とさなかった。それをみつけるのが必然だったかのように。行き場なく渦巻いていた気持ちに火がついた。

私はまず店の責任者宛《あ》てに手紙を書いて、細い糸を慎重にたぐりよせていった。掲載された写真は少し古く、百合也はその店もつぎの店も辞めていたが、二軒目の店長が、まだ通じるか保証はないけれどと言いながら連絡先の電話番号を教えてくれた。

何度も広げてはたたみ直して、すっかりしわのよったメモ。私からとわかったら、彼はあわてて切ってしまうのではないか――覚えてしまった番号を、あらためてメモを見つめながら押した。自分の鼓動の音と重なってコールが聞こえる。携帯なのに応答がない。

雨じみに汚れた壁にふさがれた窓の外をじっと見つめて時間をつぶし、三度目でやっと電話はつながった。

私が誰かわかるかと用心しながら問うと、

『もしかしたら、りこちゃん？』

受話器の向こうの声は、さして驚きも見せず、悪びれもせずに以前のままの呼び方をした。

「今、近くまで来ているのよ。そう、ちょっと遊びに。よければ……、会いたいんだけど」

〝りこちゃん？〟じゃないわよと怒鳴《どな》りたい衝動を、無理やり平静な口調に抑えこんだ。

彼は承諾した。近くのシティホテルのラウンジに午後八時。

受話器を置くと、私はバスルームで熱めのシャワーを頭から浴びた。

——もうすぐ、実現するときが来る。

恨み言《ごと》のかわりにみつけた新しい呪文を、心の中でくり返しながら。

私だって、百合也との仲がいつまでも続くものと思っていたわけじゃない。百合也と過ごす時間は、日常の中での秘密のバカンス。あるいは、起きながら見ている夢。夢は、いつか醒《さ》める。ただ、ラストはもっと整然と、秘密のままに終わる予定だった。

もしかしたら来ないのではと思ったけれど、約束より二十分遅れて彼は現われた。

「りこちゃん、ひさしぶり」

テーブルキャンドルの灯に揺らぐラウンジの薄闇を泳ぐように。私の知らない黒のジャケットを着て。向かいのテーブルにいるカップルの女が、連れの恋人に悟られない程度に、ちらっと彼へ視線を走らせる。こうしてこの男は、以前と変わらず、夜のライトの下で女の注目を集めているに違いない。

私の他にも女の影はいくつもあって、それを昔気質《かたぎ》の老マダムは疎《うと》んじたと、彼が消えてから店を訪ねていったとき聞かされた。

「元気そうだね。よかった」

しらじらしく言って、隙《すき》のないしぐさで私の隣りへ腰かける。

「あなたも、あいかわらずみたいね」

皮肉をこめて、私は返した。

彼は水割りを注文した後、どうやって電話番号を知ったかと、たいした警戒の色もなく尋ねてくる。

「今は、どこのお店にいるの？」

百合也は答えず、口元に微笑を浮かべて小首をかしげてみせる。都合《つごう》の悪い質問のとき、判断を相手にまかせるとき、彼は微笑ですませてしまう。そして、確かにそれで許されるのだから始末が悪い。

「ここじゃあ、ちょっと落ち着かないよね」

二杯目のグラスが空いたところで、百合也が言った。

「りこちゃんの泊まってる部屋へ行かない？」

私に「りこちゃん」という愛称をつけたのは百合也だ。そして、その呼び方をするのも彼一人。友達も家族もみんな、則子《のりこ》と呼ぶ。

「則子なんて名前、いやだな」

自分の名前は、実は幼い頃からのコンプレックスのひとつだ。誰にも打ち明けたことはなかったのに、なぜか百合也には言えた。

もっとかわいい名前がよかった。則なんて字を使うのは、規則とか法則とか仏頂《ぶっちょう》面《づら》の熟語しかない。

私のつぶやきを聞いて、しばらく考えるようにした後、百合也は、

「じゃあ、これから僕は〝りこちゃん〟って呼ぶよ」

「どう？」と得意げにしたものだ。担任している小学生と同じような、子供じみた思いつき。恥ずかしいからやめてよと言ったけれど、実際はくすぐったく、うれしかった。

「今まで会った女の人の中で、りこちゃんが一番すてきだよ」

嘘ばっかりと思っても、悪い気はしない。

りこちゃんと呼びかける声より、さらに甘かったのは彼の手だ。先細りの指をした滑《なめ》らかな彼の手は、私の体の隅々を滑らかに動いて、そして私の体をも滑らかにしていく。

学生時代にも、私は恋人らしき男子学生と寝たことはあった。でも、それはただするだけといったもので、夏場の蒸《む》れる満員電車に乗った不快さに似た感想しか残らず、男女の事とはこんなものかと私を失望させた。

でも、百合也とは違った。

彼とのとき、私の体と頭の中には、花びらに抱かれ、私も花びらを味わっているイメージが広がる。それは、彼の名前通りの白い百合だったり、薔薇《ばら》の花びらだったり、淡い紅《くれない》の蓮《はす》の花びらだったり。花びらに洗われて、肌が一枚こそげ落ちて、その下に別の肌が現われる。わずかな刺激にも敏感な、細胞の一つ一つが確かに息づいていると感じられる、自分自身も知らなかった本当の肌。

ビジネスホテルの狭《せま》いシングルルームへ、私は百合也と二人で戻った。

「そこの冷蔵庫から、ビール出してくれる?」

私の求めに応じて百合也がテレビ下へ屈《かが》んだ隙に、私はバッグを胸元へ引き寄せて、中からハンカチに包んだ物を静かに取り出した。

缶ビールを持って立ち上がろうとした百合也は、自分の頰《ほお》の横に鈍色の刃が当てられているのに気づいて動きを止めた。このために買ってきた細身のナイフ。しかし、彼は、

「りこちゃん、ぼくを刺したいの?」

やはり、たいしてあわてはしなかった。

「ぼくを恨んでるの? ぼくたち、とても楽しくやってたのに」

「楽しく! そうね、私がお金を吐き出している間はね。あなたがいなくなったのは、カシミアのセーターを買うのは無理だと言った三日後だった」

あの頃、りこちゃんと呼ぶ甘い声は、ベッドの上以外でも使われた。

「りこちゃん、あの腕時計、すてきだと思わない?」

最初は、街を歩いている時に見かけたロレックスだった。それから、イタリア製のコート、綿なのに十万円近いシャツとか。お金を出すのは私。私が躊躇《ちゅうちょ》すれば、百

合也はそれ以上求めない。だから買ってしまう。でも彼は、感想は言っても礼は言わない。

百合也は贅沢《ぜいたく》したいわけではなく、すてきな物が好きなだけだと言う。その証拠に、彼が欲しがるものは、ＤＶＤのオペラ全集やバレエのＳ席だったりした。どれも質実な家庭に育った私の価値観には無かったものばかりで、ああ、こういう世界もあったのかと目を見張る思いがした。

さすがにまずいとブレーキを踏んだのは、数百万たまっていた貯金の残高が百万を切ったときだ。

「でも、それはいいの。私も承知してやったことなんだから。だけど、最後にあなたは、とんでもないことをしていってくれたわよね」

百合也は私の保険証を持ち出して、高額のカードローンをこしらえていったのだ。窓開きなのに差出人の名が表から見えないようになっている封筒が次々に届いて、初めて私はそれを知った。

これが、百合也の用意していったラスト。

うろたえて呆然と日を過ごすうちに返済の催促の電話が学校へかかるようになり、

不審を抱いた教頭に問い詰められて、とうとう事情を白状せざるをえなくなってしまった。うまい嘘をつく機転は私にはない。

ことの次第を知らされた両親は仰天して激怒し、家を貸してくれていた親戚もあわてふためいて駆けつけ、自分たちの監督不行き届きだと泣いた。

「お姉ちゃんってバッカだねー。でもまあ自業自得？」と嗤《わら》ったのは、五つ下の妹だ。私と違って生来華やかな雰囲気のあるこの妹は、「とりあえず警察に訴えればぁ？」とまっとうなことを言ったが、警察沙汰《ざた》など両親が許すわけがない。私を囲んだ親族たちの車座は法廷で、私は被告人だった。

返済は親に立て替えてもらい、通勤は実家からすることになったが、波紋はそれでおさまらなかった。

片山との最後は電話で、彼は言った。

「怖い人ですね、山崎先生は。よくも恥をかかせてくれましたよ」

あの穏《おだ》やかな人の口から出ることがあるのかと思うような、底冷えする響きがあった。でも彼に非はない。だって私は、片山に何の不満も不足もなかったのだから。

主任の滝田先生はあからさまに態度が険《けわ》しくなり、面倒な用はすべて私へ回した。

彼女もたぶん、百合也がお気に入りだったのだ。

「私は潔癖な性質《たち》だから、山崎先生が許せないのよね」

そう言う彼女の目に自分と同じものをみつけたとき、私は文句を言えなくなり、その分も恨みは百合也へと向いた。

県内の学校を転々とする教師は、全員が一つの大きな職場仲間のようなもの。春に別の小学校へ異動したが、そこへも私の話はすでに伝わっていて、同僚たちは噂をささやく。おもしろおかしく、尾ひれをつけて。

「あなたが勝手に作っていった借金の分のお金を、全部返してちょうだい。と言っても、きっと無理よね。あなたは私を与《くみ》しやすい女と侮《あなど》ったんでしょうけど、でも、私は見くびられるのが大嫌いなの。見くびられたままですますのは、絶対に嫌《いや》なの」

築いてきたすべてを、私は失った。

一方的に踏みにじられたままで、おくものか。その決着をつけるために、ここまで追ってきたのだ。

「代償を払ってちょうだい。お金と謝罪の代わりに」

「代償……」

「このナイフで」

百合也の目の前へ、真横に刃を閃《ひらめ》かせて見せた。

「顔を切るのよ、このナイフで。深く傷をつけなさい、ここで、今。もう女があなたの容貌に騙《だま》されなくなるような傷を。私が大事なものをなくしたように、あなたも大切なものを失うのよ」

これでいい。泡立って膨《ふく》れあがっていた恨みが、少しはこれで晴らされる。

背中から、彼がじっと刃を見つめる気配が伝わってくる。

「りこちゃんの気が、それですむなら」

ゆっくりと百合也はふり向いて立ち上がると、ナイフを持った私の手を取って、自分の左頬へ当てさせた。さあ早くと促《うなが》すように、私の手の上へ自分の手を重ねて徐々に力をかけて押してくる。彼は本気だった。

もうすぐ、もうすぐ……、ナイフの柄を強く握りながら私はくり返した。あの聖人のように首に矢を射るのでないのが残念だけれど、もうすぐ、この美しい顔が血にまみれる。もうすぐ、望みが実現する。望み通りの傷がつく。

百合也のジャケットの袖口《そでぐち》がまくれて、カーテンを開けたままの窓から入る明かり

で銀色に光った。腕時計だ。あっと思ったとき、私の手がナイフを放していた。

「その時計……」

堅牢な金属ベルトに鮮《あざ》やかな青い文字盤。それは、私が最初に彼のために買ったロレックス。まだ使っていたんだ、と思った瞬間、柄を握る指から力が脱けてしまっていた。

重たい沈黙が流れる。

結局私には、勢いこんで来ても、こんな程度の思いきったこともできはしない。のろのろと床へ屈みこんで、ものうい動作で私はナイフを拾い上げた。いかにも切れ味の鋭そうなのを選んだはずなのに、靴跡が掃除しきれていないカーペットの上に転がっていると、まるでプラスチックの玩具《おもちゃ》みたいだ。

りこちゃん、と頭上から、百合也が柔らかく声をかけて肩へ手を置いてきた。

触《さわ》らないで、私に触らないで。そう言いたいのに、言えない。

彼の手が頬を包み、首筋へ下りて、そしてブラウスの衿元《えり》へ侵入する。あの頃いつもしていたように、掌《てのひら》で肌を撫《な》でながら。触《ふ》れられればよみがえってくる感触、この手の……。

ふっと違和感を覚えて、私は体を引いた。さっき百合也の手で強く押さえられていた右手の甲を鼻へ近づける。何の匂いもない。

「百合也、あなた、今どうやって暮らしてるの?」

その問いに、かすかに百合也が驚きを浮かべたのを私は見逃さなかった。なぜと問い返してくる表情は、どこか怯《おび》えにも見える。

「手が、違うわ」

手が違う。あれは私の知っている百合也の手じゃない。

いつだったか、百合也には手に少しだけトワレをつける習慣があると気づいたのは。彼と体を重ねるとき花びらを想像するのは、そのせいもあるかもしれないと。私と逢うとき——たぶん他の女と逢うときにも、彼がトワレを忘れたことはない。上質の鹿革のように滑らかな彼の手は、いつもほのかに匂った。まるで彼の手そのものが香りを発しているかのように。今さっき胸に触れたような、微《かす》かでも肌に引っかかりを残す枯れ葉に似た手ではない。

「りこちゃんて、どうして、そういうとこ妙に鋭いんだろ」

百合也は自分の手へ目を落としてつぶやき、あとは何も答えなかった。

沈黙をつぶすように冷蔵庫から出したビールを半分だけ空けて、やはり黙ったまま部屋を出て行った。

備え付けの薄っぺらい浴衣《ゆかた》を引っかけて、私は宙ぶらりんの気持ちのまま、まんじりともしないで朝を迎えた。

百合也がホテルまで来たのは、迷った末にチェックアウトすると決めて、荷物をまとめていたときだ。

あれほどおしゃれだった彼が、昨夜と同じジャケットを着ている。駅へ続く道を並んで歩きながら、意外なことに、彼は短くだがカードローンの件を詫《わ》び、そして現在の生活について語った。

こちらで親しくなった女が重い病《やまい》になって入院したこと。さっさと逃げようと思ったが、なぜかそうできなかったこと。今はレストランバーで裏方、下準備や洗い物といった仕事をしていること。彼女は民間の保険に入っていなかったせいもあって、どれほどかかるか予想もつかない医療費に困っていること。

「もっと楽にたくさん稼げる方法、あなたなら、いくらでもあるでしょう」

少々辟易《へきえき》として、皮肉がこもった。

「やめたんだ、そういうのは」

りこちゃんから電話をもらったときは実はチャンスだとも思ったけど、やっぱりだめだった。女の人を騙《だま》して金を手にするようなことはもうしたくない、と彼は言う。

「そう……」

あの百合也が、滑らかだった掌をすりへらして、トワレの一本も持たない暮らしをしている。一人の女性のために。じりじりと胸の底が焦《こ》げた。嫉妬なのか悔《くや》しさなのか、区別はつかない。

見舞いと称して、どんな女性か観察しに行ってやろうか。湯玉のように湧いてきた残酷な衝動に、自分でもぞっとした。病身というその人には同情こそすれ、意地悪を考えるだけでも罪だとわかっているのに。

「落ちぶれたものね」

勝ち誇ったように、逆に半分は悲鳴のように、私は声を上げていた。

「私からお金をまきあげて知らん顔してた、あの、あなたが。騙したお金は要らない、なんてね。何人も女の人を踏みにじって平気だった、あの、あなたが！」

あげつらったけれど、私の中に滲《にじ》み出してきているものは言葉とは違っていた。ひどく矛盾しているけれど、百合也には永遠に花のままであって欲しかったのだ。

私といた頃の百合也は、気取っていて、微笑でごまかして他人に判断をまかせて、女に注目されるのが当然だと思っていて、ずるくて、責任感がなくて、すてきな物が好きだと偉そうに言って。私が警察に行かなかったからかろうじて犯罪者になりそこねただけで、それまでだって、大きな悪事は働いてなさそうだけれど、どこで何をやってきたかわかったもんじゃなくて。

でも、それが似合っていた。だからこそ、美しかった。

まともになったと言えばその通りだが、みみっちく、ちまちました、ちっぽけな男になってしまったのだ。

午前の白々とした陽にさらされている彼は、疲れのためかくすみがうかがえ、日焼けして黄ばんだ写真のように色褪《いろあ》せて見える。

美しくない、この男は、もう美しくない。

「お願いがあるんだけど」

遠慮がちに、百合也が切り出した。

空いている二人がけの座席をみつけて、コートをはおったまま体を沈めた。無意識に、ため息が出る。

深く座り直した拍子に、腰の脇が小さくがさついた。ポケットを探ってみると、厚みのある白い封筒が入っている。銀行の封筒だ。

なぜこんなものがあるのか、どういうことなのか、しばらく私にはわからなかった。

――百合也が戻したんだ！

いつ？　そうか、喫茶店。出るとき、百合也がコートを着せかけてくれた。

思わず窓へ顔を張りつけたけれど、ホームはとっくに遠ざかっていて見えるはずはない。見えるはずないのに、過ぎ去った方向へ目をこらす。雑踏の中へ、静かに踏みこんでいく百合也の後ろ姿を探すように。

「ありがとう」――じゃあ、さっきの礼の言葉は何に対してだったのか。

どうして、お金を返したの？　どうして、返したのに「ありがとう」なの？　あなたは何に礼を言ったの？

百合也、百合也……、せっかくのお金を、黙って戻すなんて。ばかな人、ばかな人。
胸の奥が、ぴしりとひびが入ったように痛んで、たあいなく涙があふれてきた。ま
わり中から非難されたときにも、意地だって一滴の悔し涙も流さなかったのに。
私は百合也に、恋をしていたのだ。あれは恋だったのだ。
恋したから、恨んで憎んで、追いかけた。
こんな単純なことに、今になって、ようやく気づくなんて。
できない、できない。忘れるなんて、できない。
けれど、直感で私は悟っていた。百合也への糸は、もう切れたと。二度と彼には会
えないだろう、彼が、会えないようにしてしまうだろう。
私が本当に失ったのは、評判とか信頼とかより、もっと別のものだったのではない
だろうか。どうやって明日からの日々を送ればいいのか、百合也といたあの三カ月だ
けが生きていた時間のようにも思えて、窓に顔を伏せたまま私は途方にくれていた。

水の匣《はこ》
倉本由布

倉本由布（くらもと・ゆう）
静岡県浜松市生まれ。共立女子大学文芸学部卒業。1984年、コバルト・ノベル大賞に『サマー・グリーン　夏の終わりに…』が佳作入選、高校生作家としてデビュー。以後、歴史に材を採った恋愛小説で活躍。著書に「安土夢紀行」シリーズ他、『姫君たちの源氏物語』『天使のカノン』など。

雲の合間から薄日がさしていると思ったのも束《つか》の間、また雨が降り出した。糸のように細いしずくで、次が落ちてくるまでには相当の間がある。傘《かさ》をささずにしばらくは歩いていけそうだ。

可絵《かえ》はバッグの中の折り畳み傘にかけていた手を出した。ちょうど、その時のこと。

「いやなお天気だこと」

ふいに、右の肩先にそんな声が聞こえた。

つい一瞬前まで人の気配すら感じていなかったので、心臓が跳《は》ね上がりそうになった。が、それほど自分がぼんやりと歩いていたことに気づき、我に返ってもいた。

見ると、二十六歳の可絵より少し年上に見える女性が、やはり傘をささずに空を見上げながら歩いている。ＪＲ横須賀《よこすか》線に並行したその道を歩いているのは、可絵と彼女のふたりだけだ。

目を向けると、彼女はにこりと笑った。美人とは言えないが、笑顔がとてもあたたかく親しみやすく、可絵はつい微笑を返していた。

「いやなお天気ね」

彼女は、はっきりと可絵に向けてまた同じ言葉を繰《く》り返す。可絵は「はあ」と曖昧《あいまい》に唸《うな》り、それに答えた。

「雨のせいで何もかもがぼんやりとして、どちらへ進んで行ったら良いものかもわからなくなってしまいそうね。でも——」

彼女は、ふと足を止め、

「こんな天気のときには、探しものが見つかるのよ」

「……探しもの」

つられて可絵も足を止めた。探しもの——そう言ったときの彼女の口調は、ひどく意味ありげだったように思われる。なぜ、こんなことを言うのだろう？　可絵は、自分の心の中を見抜かれたような居心地《いごこち》の悪さを感じていた。

可絵はこの鎌倉《かまくら》に今日、まさにその〝探しもの〟をするためにやって来ていたのだから。

可絵がふたつ年上の後藤《ごとう》とつきあうようになって、半年が経《た》つ。

誘われて出かけた飲み会で出会ったのだが、特に印象深い人だったわけではなく、その後も盛り上がる展開があったわけでもない。それなのに、なぜかそののち連絡を取り合い、ふたりで食事することになっていた。後藤を特に気に入った覚えはないし、向こうに気に入られたという印象もない。一次会でも二次会でも席が隣になり、一緒にいた時間が長かったことしか、こうなった理由は思いつかない。それでも、食事をするたびに次の約束が出来、今では、週末はふたりで過ごすのが当然になっている。ひとり暮らしの彼の部屋に、自然を装《よそお》った上手な誘いで招かれた日、抱かれたことにもためらいはなかった。

別に、不満はない。後藤は穏《おだ》やかでいい人だ。何か物事を決めるとき、

「可絵ちゃんは、それでいい？」

と、いちいち確認を取ってくれるのが心地よかった。可絵に判断を求めるのではな

く、すでに決めてくれてあることを、それでも一応、訊《たず》ねてくれるのだ。

後藤のほうは二十八歳という年齢柄、可絵のことを単純に恋人というより結婚するかもしれない相手として見ているようだし、このままいけば多分《たぶん》、そうなるだろう。可絵としても、短大を出てからもう六年も働いているのだから、そろそろ仕事を辞《や》めたいという気持ちは大きい。

小さな証券会社の事務をしている。店にいて、営業のサポートをするのが主な仕事だった。顧客を回る営業マンのために金や証書、必要に応じて株券も用意する。店に来る客の応対は可絵の仕事ではないが、忙しい日にはそれも手伝う。店のある場所が駅前からはずれているせいか客は少ないのだが、その分、社員も少ないために人手が足りない。有給休暇を取るにも気をつかい、決して連休にはならないようにしているくらいだ。

忙しくしている昼間はいいが、深夜、部屋でひとりになるとふと、たまらない虚《むな》しさに襲われることがある。一体いつまで、今日と同じ日を繰り返していくのだろう？

朝、起きて支度《したく》をしてバスに揺られて店に行って仕事をして家に帰って眠って、そしてまた――。

五年後も同じ暮らしをしていたらどうしよう？　そう思うと、たまらない焦《あせ》りに襲われ、眠れないまま夜を過ごすのだ。そして翌日、後藤に電話をする。必要以上に彼に寄り添ってみたりする。甘えてみたりもする。

結婚したら何かが変わる、むなしいこの気持ちが満たされるに違いない——と打算が働くのだ。いや、彼と会っている間は本気で「この人と結婚したい」と願っている。ところが、ひとりになってみるとそんな自分がたまらなく浅ましいものに思えて悔《くや》しくてせつなくて……。

可絵は、自分を見失いかけていたかもしれない。後藤とのつきあいがどういうものであるのかも、わからなくなっている。二十六という年齢で出会った人なのだから結婚に直結するのも当然と思っているだけなのではないか？　自分は恋愛がしたいのか、それとも結婚がしたいだけなのか？

悶々《もんもん》と思ううち、ふと思い出した顔があった。まだ中学生だったころの、何かに追い詰められでもしているかのように切実でせつなげな目をした——。

「私、人を探しに来たんです」

ぽつりと、可絵は呟《つぶや》いた。

探している相手は、鎌倉に住んでいるはずだった。――いや、もういないのかもしれない。彼が鎌倉に引っ越したのはもう十年以上昔のことだ。けれど、どうしてもここに来てみたかった。

「見つかるといいわね」

彼女は微笑し、歩き出す。可絵もついて行きながら、

「住所はわかっているんです。だからここに来ればなんとかなるかなと思ったんだけど、細かい番地までは地図では確認できないし、郵便受けに書いてある住所を見ながら歩いていたら変な目で見られちゃったし」

気づけば、いらないことまで話してしまっている。彼女は静かに可絵の話を聞いている。

寿福寺《じゅふく》の前を通るその道は幅が狭《せま》く、気をつけていないと車が通るときに危ない。ちょうど電柱のあるところを二台の車がすれ違うのに遭遇し、足止めをくらい、可絵はつい、

「人を先に通せばいいのに」

と呟いてしまったが、彼女がそれには答えずのんびりと待っているのを見て、恥ずかしくなり黙った。

不思議な人だ。地元の人だろうか？　手ぶらで、慣れた足取りで先へ行く。

「あなたは、どちらへ行かれるんですか？」

可絵が訊ねると、

「私も探しものをしていました。でも、もう見つかったから」

「おうちへ帰られるんですか？」

「いいえ、夫のお墓にまいります」

という答えには、なんとも返しようがない。可絵はただ黙り込む。

可絵より少し年上なだけに見えるのに、この人はすでに夫を亡くしていたのか。こんなときにかけるべき言葉がすぐには見つからず、可絵は焦った。我ながらなんて気がきかないのだろうと思いつつ彼女をちらりと見る。

そして、妙な違和感を覚えた。

確か彼女は、可絵よりほんの少しだけ年上に見えていたはずだ。ところが今は、四十に手が届きそうな年頃の人に見える。目の下に皺《しわ》が増え、頰《ほお》の張りもなくなっている。

若く見えたのは錯覚だったのだろうか？　思わずじっと見つめる可絵に、彼女は素知《そし》らぬ顔で、

「それで、どうなさるの？」

「え？」

「あなた、これからどうなさるの？　まだその探しものを続けるの？」

「ああ――、はい」

せっかく来たのだ。何か手応《てごた》えくらいは得て帰りたい。

「どうしても会いたい方なの？」

「どうしても――と、いうのか……」

「なぜ会いたいの？」

「――なんとなく」

わからない。

ただ、後藤とのことを考えるとき、その思いの隙間《すきま》から、どうしようもなくわき上がって来るものがあるのだ。会いたい――という気持ち。ただひたすらに、ただ真っ

すぐに、ただ会いたい――と。

その気持ちがなんなのかはわからない。

「昔の知り合いなんです。まだ十五のころの――」

「あら、初恋の人？」

言われたそのひと言が、甘く心臓に突き刺さる。

初恋――と、言えるのかどうかわからない。少なくとも当時、そんな自覚はなかった。

同じクラスでありながら、ほとんど接点なく過ごしていた彼――小沢《おざわ》章司《しょうじ》のことを可絵が意識して見るようになったのは、中三の二月だ。当時、可絵はクラス委員をしていた。そうでなければ章司と話をするようなことにはならなかったはずだ。背が高く、肩幅もしっかりと大人のそれに出来上がっていた十五歳。章司は、そういう少年だった。地味だった可絵とは違い、彼はクラスの中でもよく目立っていた。だから、可絵にとっては近寄りがたい人だった。

そろそろ受験も本番になり、それまで呑気《のんき》にしていた者たちまでもさすがにピリピりし始めたころ、章司は一週間、学校を休んだ。クラスメートたちはそれでも自分のことに必死で、あまり気にしていないようだった。

が、クラス委員だった可絵には、毎日、出席簿をつけるという仕事があったのだ。章司の名前の横に、欠席を表すバツ印がずらりと並んでいた。風邪《かぜ》をひいている者は多かったが、時期が時期なためにみんな無理して登校している。そんな中、章司が刻んだバツ印は目を引いた。

一週間後、章司は普通に登校して来たのだが、彼が姿を見せたその日、出席簿を職員室へ持って行ったときのこと。可絵の姿が目に入っていなかったのか、クラスの担任教師と隣のクラスの担任とが、無防備に話しているのを聞いてしまったのだ。

「それは、同棲ということですか?」

「そこまで言うのはアレですが……」

「でも一緒に住んでいたんでしょう?」

「そういうことなんですが」

「小沢はなあ……、何かしそうではあったんですが」

「まさか、女の子のこととはね。まあ、警察の厄介《やっかい》になるようなことをしでかされるよりはマシですが」

「確かにね」

そのあとにも話は続くようだったのだが、教師ふたりは可絵の姿にやっと気づき、バツが悪そうに口を閉じてしまった。可絵は、何食わぬ顔で職員室から出て来たが、内心では心臓が胸を破って飛び出してしまいそうなくらいに激しく鳴っていた。

同棲——。まだ十五歳の可絵には、あまりにも刺激的な言葉だ。テレビドラマや漫画や小説の中で触《ふ》れたことはあっても、自分の身近には出て来ない言葉。同棲——を、あの小沢章司がしていたというのだろうか？　一週間、学校を休んでいた間、彼は女の子とふたりでどこかに住んでいたというのか？

そのまま教室に戻ると、自分の席につこうとしたところでちょうど、章司とすれ違った。つい、まじまじと顔を見つめてしまった。章司は、訝《いぶか》しげに可絵を見つめ返した。ただそれだけで、可絵はまた胸が激しく鳴るのを感じた。

以来、章司の姿を無意識に目で追うようになった。恋愛感情はなかったはずだ。ただ、自分がまだ知らない何かを知ってしまっているのだろう章司に対する好奇心があっただけ——だと思う。だから、誰かに気づかれてからかわれるようなこともなく、ひっそりと、可絵は章司を見つめていたのだった。

そして、私立高校の試験が始まった初日だったか。ほとんどの者が試験に出かけ、三年生の教室は静かだった。その日、授業はなく、学校に顔を出した者はそろって図書室に集まり、勉強をしていたような覚えがある。可絵も、そのひとりだった。教室に置き忘れたものがあったのを思い出し、それを取りに戻った。すると章司がひとりでいて、可絵の気配に気づくとふわりとこちらを向いたのだった。

「……なに？」

かすれた声で章司が訊ねた。

「忘れ物」

可絵の口から出たのもやはり、かすれ気味の声だった。

可絵は、ぎくしゃくと自分の席へ向かい、机の中から忘れ物を取り出した。章司がその様子をじっと見ているのが感じられて、頬《ほお》が火照《ほて》ったように熱くなった。

章司は窓際の席に座り、ぼんやりと外を見ていたようだ。なぜ、ひとりでこんなところにいるのだろう？　みんなと一緒に図書室へ行かなかったのはなぜ？

訊ねてみたいことはたくさんあった。何よりも「一週間、同棲していたって本当？」と訊ねてみたくてたまらなかった。けれど、いざとなるとドキドキして言葉にならない。

教室の中、ふたりきりで黙り合っているのは、さすがに気まずかった。なんでもいいからとにかく何か話さなくては——と、可絵が必死で口を開きかけたとき、章司が、

「おまえ、あの本まだ読んでるの？」

ふいに言った。

「……本？」

「前に読んでた本。ほら——なんか難しそうなやつ」

言われても思い出せなかった。可絵は、よく読書をするほうだ。学校でも、自習時間などに勉強に疲れると、読みかけの本を取り出して読んでいた。その姿を見られていたのだろうか？　いつの間に？

可絵が首をかしげていると、章司は、

「いいや、別に」

かすかに笑うと、また窓の外へと目をやった。それきり可絵のことなど忘れてしま

っているように見えたので、可絵はそっと教室から出たのだった。

その後、入試の本番や卒業式など、慌《あわ》ただしく日々は過ぎ、章司とふたりきりで話をすることは二度とないまま、可絵は高校生になった。


「扇《おうぎ》ガ谷《やつ》というのはこの辺《あた》りですよね」

住所をメモして来た紙を取り出し、可絵は、彼女にそれを見せた。扇ガ谷一丁目とある。寿福寺の住所が一丁目になっていたから、この辺りだろうと見当をつけて来たのだ。

「そうねえ」

と、彼女は曖昧に唸った。その横顔が、やはりまた、さっきより老《ふ》けて見えたような気がして、可絵はゆっくりと瞬《まばた》きする。そうしてから改めて見てみると、彼女の顔がゆらゆらと歪《ゆが》んで見えるような、なんとも頼りない気持ちに襲われて、慌ててまた瞬きする。

「私にもよくわからないわ。とにかく、もう少し先へ行ってみましょうか」

彼女に促《うなが》され、線路沿いを更《さら》に北へ歩き出した。

「この辺りも、昔とは随分、変わってしまっているのねえ。あなたの探しものがどの辺りにあるものやら、私にはまったく見当もつかないわ。ごめんなさいね」

彼女はしきりに謝ってくれた。考えてみれば、彼女に道案内を頼んだわけではない。ただなんとなく、道づれになってしまっていただけだ。何もこんなに恐縮することはないのにと、こちらのほうが申し訳ない気分になって来る。見かけの通り、彼女は素朴で面倒見のいい人なのだろう。ありがたく、その好意を受けることにした。

彼女と連れ立って歩きながら、可絵は、

「地元の方なんですか？」

「ええ。私がこの鎌倉に暮らしていたのは、もう随分と昔のことになるけれど」

「御主人のお墓が鎌倉に？」

「ええ、そうなの」

しばらく行くとその道は線路から離れ、左へカーブして行く。その辺りで、雨が少し強くなった。さすがに可絵は傘を取りだし、彼女にも中に入るよう勧《すす》めた。

「ありがとうございます」

彼女は嬉《うれ》しそうに笑い、

「この先へ行くと、化粧坂《けわい》に通じるようですね」

行く先を読むように見つめながら呟いた。

「そちらのほうにも家があるのかしら?」

「どうでしょう?」

このまま真っすぐ行くと、確か寺に行き着くはずだ。可絵は、家を出る前に見て来たガイドブックの地図を思い返した。彼女の言う化粧坂へ向かうには、途中を左に折れたはず。

とりあえず先へ進みながら、静かに、

「住んでいる場所がわかっている人を、なぜ、こんなにも懸命に探さなければならないのですか?」

彼女がそう訊ねて来たのは、住所がわかっているのなら、まず手紙を出すなりなんなりして、はっきりした場所の確認をしてから来ればいいのに――と言いたいのだろうか?

「元々、あまり親しい人ではなかったから」

手紙を出すのは憚《はばか》られたのだ――と、可絵は説明した。いや、本音《ほんね》を言えば、ゆうべ急にこの小旅行を思いついたものだから、様々に手を尽くす時間がなかったのだ。

可絵は今日、早朝に慌ただしく家を出て来たのだった。家族にも、鎌倉に来ていることは知らせていない。当然、後藤にも……。

章司の住所を知らなかったなら、こんなことにもならなかっただろうと、可絵はしみじみ思う。

一度だけ、可絵は章司からハガキをもらっていたのだ。

章司が鎌倉に引っ越したと聞いたのは、高校一年の夏休みのことだった。かつてのクラスメートたちと久しぶりに会い、中学時代の思い出話をしていたときに、誰かがそう言った。

「小沢が引っ越したらしいよ」

すると、他の誰かが訳知《わけし》り顔で、

「小沢って、隣の学区の中学の子と同棲してたって噂がなかった？」

そう言い出した。噂という段階以上に確かな筋からそれを聞いていた可絵は、どんな反応をしようかと迷ってしまった。が、他の子がすぐに大袈裟《おおげさ》な反応を示したので、それに隠れていればいいだけになり、ホッとしながら興味津々《しんしん》の顔を作っていた。当時のくわしい話が聞けたらもうけものだと思ったのだが、誰も真相は知らないようだった。

その日、家に帰ってみると、まるでわざとタイミングを合わせたかのように、章司から暑中見舞いのハガキが届いていたのだ。

母親が気をきかせて可絵の部屋の机の上に置いてくれてあった。部屋着に着替えてからそれを見つけ、可絵は、ふいに胸を絞られるようなせつなさに襲われた。

なぜ――？　特に親しくしていたわけでもないのに、なぜ？

差出人の名前をもう一度、きちんと確認してから裏返してみる。

海の色をした絵ハガキだった。ただ、海の色だけをしていた。藍より薄い色。けれど青よりは少し濃い。その中にぽつりと、

『鎌倉に行ってみたいと言っていたのを思い出したから。でも、おまえが読んでいた本に出て来た人の名前が思い出せない。誰だっけ？』

それだけが書かれていた。

鎌倉に行ってみたいと言っていた――？　誰が？　章司が、だろうか？　それとも

可絵が？　一体なんのことだろう？　いつだったか章司が本のことで話しかけて来たのもこれとつながる話題だったのだろうか？

考え込みかけ、けれどすぐ、可絵はアッと声を上げた。

思い出した。章司とそんな話をしたことがあった。中三の二学期の終わり間近、自習時間に読書していた可絵に、章司のほうが話しかけて来たのだ。

「なに読んでるの？」

「歴史小説」

答えはしたが、実は可絵はそのとき、少しビクビクしていた。可絵から見ると章司は、自分とは違い派手なグループに身を置いて遊んでいる人だった。歴史小説などという真面目《まじめ》なものを読んでいたら、ばかにされるのではないかと思ったのだ。

ところが章司は、

「歴史？　おまえ、すごいの読んでるんだな」

素直に感心している。可絵はホッとし、すっかりその小説にハマっていたそのときの気持ちを、章司を相手に熱を込めて語ってしまった。章司は、最後まで話を聞いていてくれた。ただ、それだけのことだった。

そのとき読んでいたのが、鎌倉を舞台にした小説だったのだ。主人公は北条政子《ほうじょうまさこ》。鎌倉幕府を開いた源頼朝《みなもとのよりとも》の妻。夫も子供もすべて自分より先に亡くなり、それでも幕府を支えようとけなげに生きる政子の姿に、読んでいる間はすっかり夢中になっていたので、章司はよほど印象深くそのことを覚えていたのだろう。可絵のほうは、読み終えてしばらくすると憑《つ》き物が落ちたようにそんな気持ちなど忘れてしまっていたのだが。

最後に章司が、

「いいなあ、おまえ。そんなに好きなものがあって」

心底、うらやましそうにそう言っていたのを、可絵はせつなく思い出した。

「あのときの小沢くんは、何か悩みを抱えていたのかもしれない。だから、私が呑気に鎌倉が好きだと話した姿を羨《うらや》ましく思って、ずっと覚えてくれていたのかもしれない」

可絵は、ぽつりぽつりと話しながら歩いた。

あのころの彼に一体なにが起こっていたのか？　知りたいと思ったその時には、もう彼は可絵から遠い人になっていた。今思えば、住所はわかるのだからなんとでも出来そうなものだが、高校一年生だった当時の可絵には、鎌倉は地の果てのように遠い場所に思われたのだ。

そして、絵ハガキを見たときのせつなさもやがて、日々のせわしさの中に紛《まぎ》れて消えた。そのまますっかり忘れ去っていたはずの彼の姿が、ゆうべ、ふいにあざやかに甦ったのだ。

思い出すとすぐ、ハガキを探した。手紙の類《たぐい》を簡単に捨てられる性格ではなかったから、押し入れの中にまとめてしまわれていた過去の郵便物の中からあっさりと見つかった。そこに描かれた海の青は、今もまだあざやかだった。

あとはもう、熱に浮かされたように翌日の鎌倉行きを決めていた。どうしても会いたいと思った。会って、なぜなのか訊《き》きたかった。

なぜ、わざわざハガキを送って来るほどに、あの時の会話を大事にしてくれていたのか。

こうして来てみると、あのころは地の果てとまで思った鎌倉が、実際には家を出てから二時間もあれば辿《たど》り着ける場所なのだとわかり、当時の自分の幼さが愛《いと》しくなった。

「教室で、最後にふたりで話したあの時、私がもっと勇気を出していろいろ訊いていたならば、こんなふうに何もかもが曖昧なままにはならなかったんじゃないか――って、そう思うとたまらなくって」

話しながら、ふたりは坂道を登っていた。化粧坂に至る坂道だ。住宅がたくさんあるようだったので気軽に入って来たのだが、あまりの急勾配《こうばい》に、すぐに胸が苦しくなった。しかし、郵便受けが外に出ている家の住所を見ると、章司のハガキに書かれていた番地に次第に近づいて来ているようなので、後戻りする気にもならない。

「あなたがもう少し勇気を出していたら、もしかしたら、今とは違う人生が開けていたかもしれない――って、そんな気がしたの?」

静かに、彼女が訊ねた。彼女は、こんな坂道でもまったく息が荒くならない。涼《すず》しい顔、まったく変わらないペースで歩きつづける彼女に傘をさしかけるため、可絵は必死に足並みを合わせる。

「そう――かもしれません。あのころは恋だと思っていなかったものが、今になってみると、とてもせつない初恋だったように思われて」

あんな恋をもう一度したい――と思ったのだろう。章司に会えば、ふたたび何かが始まると思ったのだろう。このままずるずる後藤と結婚してしまう前に、立ち止まって振り返り、あのころの想いを確かめてみたい——と。

「大事な話があるって言われてたんです」

本当は、今日は後藤との約束があった。そのとき、大事な話があるからと言われ、たまらなく複雑な気持ちになった。大事な話——それが結婚のことだったらどうしよう？　まだ決められない。はっきりと自分の心を定《さだ》められない。いやそれだけでなく、それを切り出されたらその時点で何かが終わってしまうような気がして怖い。何か——それは、可絵が可絵ひとりだけのものである自由な日々。恋愛がしたいのか結婚がしたいのかなどと悩んでいたのは、理屈をこねていただけだ。本当は、ただ怖かっただけなのだ。

だから、逃げて来た。章司に会いたい。会って踏ん切りをつけたい。ここまで来ると、その気持ちは更に強いものになっていた。とにかく会いたい。その先のことは、会ってしまえばそれなりに始まるに違いない。

坂道のせいだけでなく、心臓が脈打っていた。手足の先がほの甘く疼《うず》いてもいた。多分、もうすぐ会えるだろう。もうすぐ——。

やがて、

「――あら」

と、彼女が声を上げた。そして指で示す先を、可絵も見つめる。白く塗られた鉄門の脇に、真っ赤な郵便受けがある。そこに書かれていた住所は、ハガキにあったそのものだった。可絵の胸が大きく弾む。

しかし、よく見ると名字が違っていたのだ。「小沢」ではなかった。「遠藤《えんどう》」と書かれてあった。章司の家は、そこにはなかった。

所詮《しょせん》はこんなものか――と思う。

一応、確かめてみようと遠藤宅を訪ねてみると、自分たちは三年前に引っ越して来ているので、その前に住んでいたのが小沢さんなのではないかと教えてくれた。章司の家は、また引っ越してしまった後だったのだ。

あんなにも思い詰めてここまで来たのに、しかも最後は急勾配を必死に登っても来たのに、結果はこれだ。がっくりと全身から力が抜けてしまいそうなのをこらえつつ遠藤宅を出た。ところが、

「あらまあ残念だったわねえ」

隣で彼女が唸るその姿が、心底から気の毒そうな様子ではあっても、どこか間抜けで呑気なのだ。今の彼女は、可絵の母親ほどの年齢に見えるようになっていた。

ふいに笑い出したいような気持ちになる。彼女の声が、まるで母親の手で髪を撫《な》でられたように心地よく届いて、朝からの緊張と疲れが一気に癒《いや》されてゆくようだ。肩をふるわせながら笑いつづける可絵のことを、彼女は不思議そうに見ていた。

彼女は一体、なんなのだろう？　なぜ、見かけの姿が変化してゆくのだろう？　気のせいではないはずだ。はじめ、可絵とさほど変わらない年齢に見えていたのが今、ここまで老けてしまうわけがない。

「一緒に来てくださってありがとうございました」

可絵は頭を下げ、それから、夫の墓へ行くのだという彼女に、今度は可絵が同行した。このまま帰るのはもったいないし、ついて行けば彼女の正体が何かわかるかもしれないという好奇心もある。

彼女はJRの線路を越え、鶴岡八幡宮《つるがおかはちまんぐう》方面へ向かっているようだ。道がまったくわからない可絵はただ、彼女について歩いて行った。思いきり笑ったあとはやはり、せつなさとむなしさがまた戻って来るだけで、つい口数が少なくなる。

やがて雨も小降りになり、可絵は傘を閉じた。辺りはまだ雨の残り香《が》に煙ったまま
だが、雲が走り薄日がさしているのが見える。八幡宮に近づくにつれ、行き交う人が
増えていく。雑踏に紛れ込んでしまうころになり、彼女が、

「あなたが本当に会いたかったのは、誰だったのかしら?」

ぽつりと言った。

「え?」

「本当に小沢という人だったのかしら? それとも――」

彼女は何を言おうとしているのか? 可絵は黙って、そのくちびるを見つめる。

「会いたかったのは、昔の自分?」

無邪気に微笑む彼女から、可絵はゆっくりと視線をそらし、胸の中、その言葉を反《はん》
芻《すう》した。会いたかったのは、昔の自分――。

やがて、ああそうかと手を叩《たた》きたいような気持ちで、改めて彼女を振り向いた。

『いいなあ、そんなに好きなものがあって』

あのときの章司の言葉を、可絵は、自分の胸の底から聞こえて来るもののように思

い返していたのだ。いいなあ、あのころの自分は——と。

今よりずっと輝いていた。ずっと楽しげだった。好きなものには単純に夢中になれた。五年後の自分の姿を想像して憂鬱《ゆううつ》になることもなかった。そんな自分に戻りたかったのかもしれない。章司に会えば昔の自分に戻れるかもと期待していたのかもしれない。

「あなたの探しものは思い出だったのね」

彼女は言う。

「今は昔のものがたり。だから、小沢という人が見つからなくてよかったのよ。思い出は思い出のままにしておくほうがキレイだわ」

あまりにもしみじみと言うので、

「あなたにも思い出があるんですか？」

訊ねてみると、彼女は意味ありげに笑った。

八幡宮の中を突っ切り、小学校の前に出た。その敷地沿いにしばらく歩き、突き当たりを左に曲がる。

「キレイな思い出はたくさんあるけれど、この年になって大切に拾い歩いた探しものは、子供たちのたましい。それをすべて集めてから夫のお墓に行くの。一年に一度、私はこうして鎌倉を歩くの。この町がどんなふうに変わっても、私はずっと——」

途中、右へ入って行く路地を曲がった。キレイに舗装された道が続いていた。

「あなたはまだまだこれからだわ。思い出に逃げてはいけないわ。前をちゃんと向かなくちゃ。後ろを振り向くのはもっとずっと後でいい。——でもきっとそのときには、どんなにキレイな思い出も記憶の彼方《かなた》に押しやられてしまうくらい、もっと別の、もっともっと大事なものが出来ているはずよ」

「それが、あなたにとっては——」

「子供と夫」

幸せそうに彼女は笑った。

「まだまだこれからなのよ？　これからあなたがどんな決意をしても、そこで終わりではないのよ？　その先にはまた、もっと大変なことが待っている。でも、急がなくていいの。ゆっくりと考えればいいの。何も終わらない。そこからまた始まるだけ」

そして彼女は、左へ入って行く脇道の入り口に立ち止まり、

「私の夫はこの先に眠っている」

歌うように呟いた。その背には、この先に源頼朝の墓があることを示す案内があった。

ぼんやりと立ち尽くす可絵を残し、彼女はひとり歩き出す。その背が、霧のように残る小雨の中に消えて行く。

しばらく立ち尽くしていたあと、

「……北条政子？」

可絵は呟いた。あの人は、源頼朝の妻である北条政子だったのだろうか？　可絵と章司との間に小さなつながりを作ることになったあの小説の主人公の――。幽霊に会ったのか？　それともそれっぽく振る舞っただけの人にからかわれたのか？

敢《あ》えて解《と》く必要のない謎だ。このままにしておけばいつか、彼女のことはきれいな思い出になるだろう。章司のことが今、そうなり始めたのと同じように。

何も終わらない、そこからまた始まるだけ――彼女の言葉を、可絵は胸に抱きしめた。

このまま家に帰ろう。そして後藤に電話をしよう。すぐに会おう。そこで彼が何を

言い出しても、それはただの「はじまり」に過ぎないのだ。後藤はきっと〝大事な話〟を切り出したあと、いつものように、

「可絵ちゃんは、それでいい？」

と確認を取ってくれるだろう。そうしたら、その時点から考えはじめればいい。

可絵は、彼女が消えていった先をしばらく見つめてから、ゆっくりと踵《きびす》を返した。

そのまま鎌倉駅方面に向かった。

雨はもうすっかりやみ、行く手にあるのは眩しいほどの光ばかりだった。

旅猫

横森理香

横森理香（よこもり・りか）
山梨県生まれ。多摩美術大学卒業後、ニューヨークに遊学。帰国後の1992年、『ニューヨーク・ナイト・トリップ』でデビュー。以後、小説、エッセイ執筆のかたわら、コメンテーターとしても活躍を続ける。著書に『をんなの意地』（祥伝社文庫）『いますぐ幸せになるアイデア70』（小社刊）『ぼぎちん／バブル純愛物語』『シンプル・シック』『おしゃれマタニティ』など多数。

キミオがうちに来たのは、暑い夏の終わりだった。大学の長い夏休みにもうんざりして、私は二階の物干しで夕涼《すず》みしてた。

うちは下町の、大きな川の土手のそば。築四十年の古屋には、今時珍しい物干し台がある。ほとんど正方形の和風ベランダ。ちっちゃいときはよくここで金魚飼ったり、線香花火をしたりしたものだ。

蚊取り線香の匂い、洗いざらしのタンクトップ、綿の短パン、ぼろぼろのウチワ。生暖かくなった麦茶、食べ散らかしたスイカの皮と種。乗るとぎしぎしいう古い籐《とう》の寝椅子《ねいす》。

そんなものたちに包まれた、夏の夜。決して嫌いな時間じゃないけど、なんか足りない。

「あーあ、猫でも飼ってりゃなぁ」

私は一人ごちる。

そのときだった。懐かしいギターの音色と優しい歌声が、階下から聞こえて来た。

キミオ⁉

私は籐椅子から跳《と》び起きて、階段を全速力で駆け降りた。

「美雪《みゆき》ー！　うるさいよー！　階段静かに降りなさい！」

夕飯の支度《したく》してた母が、台所から叫ぶ。

「ふあ〜い〜」

私は生返事して、歌声のほうへ走った。

ガラガラと玄関を開け、表に出ると、そこにはギター抱《かか》えて歌うキミオと、祖母がいた。

「ぷっ」

私は思わず吹き出してしまう。キミオは祖母に向かって歌ってて、祖母は、手を合わせてキミオを拝《おが》んでいるのだ。

「やーだ、おばあちゃん、なにやってるの」

私は祖母に言った。

「ああ美雪、いやこの人がねぇ、あたしが庭に水撒《ま》いてたら、突然入って来て歌ってくれたんだよ。それがもう、神様みたいで……」

私はキミオを見て、ほほ笑んだ。

「ほんとに、来ちゃったの？」

「うん、来ちゃった。夏ももう終わりだしね」

「うそみたい。よく住所だけで分かったね」

「うん、僕は旅人だからね」

うす暗闇の中、うちの狭い庭に、フォークギターしょったキミオが立ってる。懐かしさが込み上げた。

「なんだか夢みたい」

「悪い夢だったりして」

ううん、と私が首を振ると、祖母が玄関に入りながら、言った。

「ほらほら、二人ともそんなとこに立ってないで。蚊に刺されるから中にお入り」

祖母は、どこのどなたさんですかと聞きもせずに、キミオを我が家に招き入れた。

「おなか空《す》いてる？」

私は玄関で草履《ぞうり》脱いでるキミオに聞いた。

「うん」

台所からは夕飯の美味《おい》しそうな匂いが漂《ただよ》っている。キミオはおなか空かせて、きっとこの匂いに釣られて来たのだ。

キミオと出会ったのは、八月に親友の真利《まり》と行った島でのことだった。真利も私も彼と別れたばっかりで（っていうか私はフラれた）、お互い退屈な夏を過ごしていた。だからちょっとした遊び心で、ナンパ島として有名なその島に、女二人で出掛けたのだ。

「あーあ、ロクな男いやしない」

厚底ビーチサンダルで砂を掘りながら、真利が言った。

「ほんと」

せっかく若ぶって、コギャル風の水着とヘアメイクで頑張《がんば》ってるのに、それに釣られて来るのは、顔黒《ガングロ》ゴリラ風のサーファー野郎たちばかりだった。

「別にサーファーが嫌いってわけじゃないのよ。だったら海なんか来ないわけだしさ。でも同じサーファーにしたって、なんでデイビッド木下《きのした》みたいなのがいないわけ」

もう散々日焼けしちゃってる腕に日焼け止めを塗りながら、真利がぶうたれる。

「いるわけないよ。だって、デイビッド木下はプロサーファーだもん。きっとこんなところじゃなくて、外国の大きい波乗ってるよ」

私は真利に解説した。実際ここにいるのは、ナンパ目的の陸《おか》サーファーたちばかりだ。

「〝みたいなの〟って言ったの私は。別にデイビッド木下〝本人〟って言ったわけじゃないわよ」

真利はマジで怒った顔をして、セーラムライトに火をつけた。それを深く深く吸い込んで、ビーチにどっかり座り込み、海の向こうをまぶしそうに見つめた。

あーあ。

私は心の中でため息をついた。島の民宿に泊まってもう五日目。残された時間はあと一日しかない。〝でかした〟事のひとつもなく、私たちはだんだん不機嫌になって来ていた。

そのときだった。ビーチのどこからか、歌声が聞こえて来たのだ。私たちはその歌声のほうへ振り返った。

そこに、キミオはいた。

のばしっぱなしでボロボロの、私より長い髪。日に焼けた可愛い顔、くたくたの麻のシャツとパンツ、それに草履で、ギター抱えてる。

歌っているのは、聞いたこともない歌。なんだか懐かしいフォークソングみたいな、でもどことなくボサノバみたいな、聞いてるとお昼寝したくなるような、歌だった。

「なにあれ?」

真利が眉間《みけん》に皺《しわ》寄せて聞く。

「わかんない。ビーチの、〝流し〟?」

「えー? フツー〝流し〟って繁華街のバーとか流すんじゃないのー?」

私たちが見てると、キミオは楽しそうに歌いながら、私たちのほうへ近づいて来た。

「もう五日このビーチにいるけど、あれ、出たの初めてだよね」

「う、うん」

キミオが近づいて来るにしたがって、私たちはヒソヒソ声になった。

近くで見るとキミオには、このビーチだけじゃなくて、私たちが今までどこでも見たことがないような、妙〜な雰囲気が漂っていた。

キミオは私たちの前で、海をバックに、今歌ってた歌を歌い終えた。それからにっこりほほ笑んで、

「僕は歌いながら全国を旅してる旅人で〜す。なんか歌って欲しい曲、ないですかぁ？」

と、私たちに聞いた。

ポカンと口を開けて見上げる私たちを尻目に、キミオは歌い始めた。

「たとえばぁ〜、こんな歌、♪海は広いな、大きいな〜」

私たちは顔を見合わせた。

「リクエストがない場合は、僕のオリジナル曲を。お代はお好きな金額で」

目がクリッとした可愛い顔でそう言われると、私たちはいやとは言えなかった。

「じゃ、一曲やってみて」

真利がばかにした調子で言う。キミオは歌い始めた。

「♪プラスチックの風、濡れる髪と、揺れる水面、まぶしかった、あの夏が、消えてゆく」

その歌は、センチメンタルな男の子が、留学する女の子にフラれちゃった、寂《さび》しくて悲しい歌だった。

これって、この人自身の歌なんだろうな……。

そう思って私は、ちょっとしんみりしてしまう。真利はROXYのお財布から五百円玉を取り出すと、ふん、たいしたことないわね、という顔でキミオに渡した。

「サンキュー。夜はあそこのバーで歌ってるから、良かったら聞きに来て」

キミオはビーチ沿いの道にある小さなバーを指さすと、歌いながら去って行った。

「すごーい、ヘンな人」

私が言うと、真利は、

「でもヤバイよね、ちょっと間違ったらホームレスじゃん、あんなの」

と言った。なんだか腹が立った。真利ったらなんで、こんな見ず知らずの人をここまでばかにするの。

思えばもうそのとき、私はキミオを好きになっていたのだ。

私はその晩、民宿をこっそり抜け出して、ガー寝してる真利の目を盗んで、キミオの歌ってるバーに行った。

店のコーナーにあるちっちゃいステージで、キミオは歌っていた。演奏はキミオのギターと、店の主人らしき酒太りしたオヤジのパーカッションだけ。

なんだかとてもリラックスした、いいムードだった。まるで日本のナンパ島にいるんじゃなく、外国のどこか、常夏《とこなつ》の島にいるみたいだ。

私はずっと、飽《あ》きもせず甘いココナッツのトロピカルドリンクを飲みながら、キミオの歌を聞いていた。

失恋の歌ばっかりだった。女の子も、男の子もフラれてる。恋人は、いつもどっかに行っちゃう。夏はいつでも終わっちゃう。でもキミオの歌には、不思議な優《やさ》しさがあった。

聞きながら私は、私をフッた恋人のことを思い出していた。でもそれはなんだか甘くて切ない思い出になっていて、いつもみたいな、恨《うら》みがましい気持ちではなくなっていた。

優しい気持ちに久しぶりになれて、私はほっとする。

なんだかこのまま、眠っちゃいそう……。

そう思ったら、ほんとにテーブルでうとうとしちゃってた。

「もう店も終わりだから、送ってくよ」

気が付くと、キミオが私の肩を叩《たた》いて、そう言っていた。

「どこに泊まってるの？」

「萱島《かやしま》荘」

「ああ、ちょっと遠いなぁ。じゃ、車にこの荷物、置いてからでいい？」

キミオは持っていた色々な楽器を指さす。太鼓とか、妙な棒みたいなものもある。

「うん」

キミオの車は、店からちょっと離れたところの、大きな木のある空き地に置いてあった。

「うわぁ、すごい車」

起きぬけの私の目に飛び込んで来たのは、七十年代のアメリカ映画とかで見たことのある、ヒッピーのバンそのものだった。

驚く私にキミオは笑って、

「中、見てみる?」

と聞いた。

「うん」

私はそのまま、キミオの車にお泊まりした。

キミオはちっちゃい子が「なんだろ?」と思ってついてっちゃう、「へんなお兄さん」だった。私もちっちゃい子供みたいに、キミオについて行った。

「車、どこ置いたの?」

私はキミオに聞いた。

「向こうの河原」

キミオはバンに住んでいた。バンの中は、立派にひとつの部屋になっている。極細だけどベッドもあるし、超ちっちゃいダイニングテーブルもあった。

「ねえどうして、携帯に電話しなかったの?」

私はキミオに聞いた。あの朝、どうしてもこのまま二度と会えなくなるのが寂しくて、キミオに住所と携帯の番号を渡したのだ。東京に来たら、絶対に寄って。そう言い残して。

「だって電話で予告したら、断られるでしょ」

キミオはにこにこしながら答えた。

「誰だ！ 廊下にこんな足跡つけたのは？」

会社から帰った父が、ガミガミ怒りながら居間に近づいて来る。そしてキミオの顔を見ると、

「あ、お客さんか」

と、急に静かになった。

「ごめんなさい、たぶん僕です」

キミオが謝ると、父はキミオのほうは見ず、

「お母さ〜ん、この人の足、なんか拭《ふ》くもん持って来てあげなさい」

と、台所の母にヒステリックに叫んだ。父はきれい好きなのだ。

「足なんか拭くより、お風呂入っちゃったらどうなの、なんだかあんた、クサイよ」

キミオに麦茶出しながら、おばあちゃんが言った。キミオは目を輝かした。

「いいんですかぁ?」

こうやってキミオは我が家に入り込んだ。風のように。


秋になって、新学期が始まった。私は学校が終わると、すっ飛んでうちに帰った。キミオに早く会いたくて。それは小学校のとき、猫を飼ったのに似ていた。

タマという名のオス猫だった。家族の中で私に一番なついていて、子猫んときは首を長くして私の帰りを待ってた。大きくなって散歩に出るようになっても、夜中にかならず二階の物干し台から、私の部屋に帰って来た。

ガラス窓の前でにゃあんと鳴き私を起こす。それが可愛くて、私は何時でも起きて、タマを入れてあげた。タマは私に擦《す》り寄って、嬉《うれ》しそうに私の布団《ふとん》に入ってくる。

あれ以来、猫は飼っていない。タマはそうやって一年間、私と愛し合い一緒に寝ていたのに、春になると散歩に行ったまま、帰って来なかったからだ。

泣きながら近所を捜し回る私に、祖母は、

「ほっときな。おおかた角のタバコ屋の三毛とでもシケ込んでるんだろうよ」

と、子供の私には分からないことを言った。

それでも私は捜し続けた。隣のブタ猫は向こう傷でなんか目付き悪いし、車はビュンビュン走ってる。心配で気が狂いそうだった。

「こんなことなら鈴つけときゃよかった」

って父がキイキイ言うから、よけい悲しくなった。

キミオを見てるとタマを思い出す。キミオはうちの猫みたいだった。いるのかいないのか、よく分からない放し飼いの猫。夜中に来るときは、マジで物干し台から上って私の部屋をノックした。

街を流していることもあれば、自分のバンで寝ていることもあった。でもなんとなく、うちにいる。だんだんと家族のみんなが、キミオがいないと、

「あれ、キミちゃんは?」

と聞き合うようになっていた。父だけは、キミちゃんとは呼ばず、

「なんだ、きょうは〝あいつ〟はいないのか」

といかめしい顔で残念そうに言った。

「うちのタダ飯食らいは」

と。

学校帰りに寄り道をしなくなった私を訝《いぶか》しがる真利に事情を説明すると、真利は、

「ええー!? 信じらんない。そんなのなんで親とか許してんのー?」

と、目を丸くした。私にもそれが不思議でならなかった。

確かに、キミオがうちでごはんを食べていると、会社から帰った父は、

「なんだっ、またいるのかおまえはっ」

などと小さく怒鳴《どな》ったが、キミオが、

「へへへっ、まいどおじゃましてますぅ」

などと言うと、なんとなく許して、一緒にごはんを食べてしまう。

うちはずっと男の子が欲しくて三人女の子だったから、父は家に男の子がいるのを、どこか嬉しく感じていたのかもしれない。

二人の姉は、もう結婚して別に住んでいる。私が末っ子で一人この家に残っていて、父は子供が少なくなって寂しかったのもあるのだろう。キミオの将来を心配しては、

「そんな、歌なんかで食って行けるわけないだろう。仕事をしろ、仕事をっ」

と、いつも一緒にビール飲んではキミオにゲキ飛ばしてた。

父としては、どうせ娘とデキちゃってるなら、キミオにちゃんと働いてもらって、うちの婿《むこ》になってもらってもいいと思っていたのだ。それは母から聞いた。母も祖母も、キミオを最初から気に入っていて、家族のように思っていた。

キミオは華奢《きゃしゃ》で、女の子みたいで、私のパジャマやジャージがぴったりだった。身長は私より高いけど、顔もちっちゃくて、手足は細く壊れそうで、ヒゲも薄くて。男の子だけど、あんまり男の子がそこにいるって感じがしなかった。

「まあいやだ、お姉ちゃんが帰ってると思っちゃった」

うちでお風呂入って、私のパジャマやジャージ貸してあげて、二人で居間にいると、よく母は驚いて、そう言ってた。

洗い立ての長い髪たらして、二人でテレビ見たりゲームやったり、雑誌読んだりゴロゴロしてると、まるで姉妹みたいだと、私自身も感じていた。この幸せがずっと続けばいい。そう願っていた。

でも神様は、私のお願いを、聞いてくれはしなかった。うちに来た頃、日に焼けてコーヒー色だったキミオの肌が、すっかり真っ白になる頃には（キミオは白人みたいに、実は肌の色が薄かった）、キミオはだんだん、寂しい顔をするようになって来た。二階の私の部屋に籠《こ》もってギターをひいては、一人で小さく歌ってる。私が学校から帰ってそばに行くと、

「あ〜あ、寒くなっちゃったねぇ」

とつぶやいた。

私はあぐらかいてるキミオの膝《ひざ》に頭を乗せて、コロッと横になる。キミオはギターひく手を止めて、私の頭を撫《な》でる。それから優しくキスをしてくれる。私は起き上がってキミオの膝に乗っかり、首に腕を回して抱きつく。

「あったかい」

私がつぶやくと、キミオはギターをはずして、私をぎゅうっと抱き締めてくれる。

涙が頰《ほお》を伝った。

「どうしたの？」

キミオがそれを拭いながら、優しくたずねる。涙がもっと溢《あふ》れた。

「なんでもないの」

と私は言ったけど、ほんとは、キミオがどっか行っちゃいそうで、泣けて来たのだ。東京はもうこんな寒くなっちゃったから、またあったかい海のあるところにでも、行ってしまいそうで。

でもそれを口に出すのは怖かった。

「なんでもない」

キミオはもうすぐいなくなってしまう。そんな予感で、涙があとからあとからこぼれた。

キミオは私の涙をその華奢な手でぬぐう。夏は琥珀《こはく》色だった指先も、今はピンクで、冷たい。アーモンドみたいな目で私を見つめ、おでこにキスをする。それからほっぺにキスをして、口づけた。

私たちは長い長いキスをした。キミオは優しく舌を絡《から》ませる。唇がマシュマロみたいに触《ふ》れあっては離れ、あたたかく溶けあって、やわらかいため息が漏《も》れる。

キミオとキスするまで、私はキスが嫌いだった。男の子たちの口はどれも大きくて、唇は分厚くて、キスも乱暴で、まるで食べられちゃいそうだったから。

キミオのキスは違う。繊細で、イノセントで……そうこれは、天使のKISSだ。私はキミオの洋服の中に手を入れて、背中に手をまわし、肩胛骨《けんこう》を触《さわ》る。そこに翼が生《は》えてないかどうかを確認するために。

キミオの背中に羽は生えてなかったけど、キミオはきっと天使の一種だ。それが少しの間、私のところで翼を休めている。キミオと愛し合って、優しい、あたたかい気持ちになるのも、どこか切なく、寂しい気持ちになるのも、きっとそのせいなのだ。

一月の終わりに、大学は春休みに入った。春休みなんて名ばかりで、東京にはちょうど雪が降り始めていた。これからもっと寒くなる。街は凍《こお》って、人の心も凍る。私はキミオがもうそろそろ出て行くんじゃないかという予感で、日々食欲を失っていた。

今夜も、いつものようにうちの食卓で一緒に夕飯を食べていた。あまり食べない私に、

「どうしたの？　ダイエット？」

とキミオが聞く。父が、

「なにダイエットだぁ？　やめとけやめとけ、どうせ続かないんだから」

と厭味《いやみ》を言う。でも今度こそ本気だ。だって胃がしくしく痛んで、食べるともたれるし、下痢も続いてた。

「鍼《はり》の先生んとこでも行けば？　あんたここんとこ進路のことで悩んでるから、それきっと神経性胃炎よ」

母が言う。確かに、三年生の後期からすでにみんな就職活動を始めていて、私はなんにも、進路が決まってなかった。

「鍼の先生なんて大袈裟《おおげさ》だよ。もっと納豆とかヨーグルトとか食べれば、おなかの調子悪いのなんか治っちまうよ」

祖母が言う。

「ああもう、みんなウザイ！　ほっといて！」

私は叫んで、二階に駆け上がった。

しばらくしてキミオが上がって来た。ベッドに突っ伏してる私の背中を撫でて、

「ちょっと気分転換に、散歩にでも出る？」

と言う。

「寒いからいい」

「寒くても、もう遠くから春の風が吹いて来てるよ」

春の風が吹いて来てる、というところが引っ掛かって、私は思わず叫んでしまう。

「だから出て行くんでしょう⁉」

初めての激しい物言いに、キミオは少したじろいで、でもあきらめた調子で、

「僕は旅人だからね」

と静かに言った。

「ひどい、ひどいよ！　勝手に来て、勝手に行っちゃうんだ。私のことなんか、どうでもいいのね。こんなに仲良くなったのに、いきなり捨ててくの？」

私はボロボロ泣きながら、言った。

「お母さんだって、キミオぶんのお魚、一切れ多く買ってるのに。突然いなくなっちゃったら、きっと寂しがるよ。おばあちゃんだって、お父さんだって」

キミオは私の言葉をさえぎるように、あっけらかんと、言った。

「そりゃしばらくは寂しく感じるだろうナア。でもじき慣れるよ。だって何カ月か前は、いなかったんだから」

まるで他人事《ひとごと》みたいだった。私はキミオに抱きついて、

「行っちゃヤダ。もうずっと二人で寝てて、もう一人でなんか、眠れないよ」

と言った。

冬中、キミオは私の抱き枕だった。キミオは横になって、子供みたいに丸まって眠る。私はその華奢な背中に抱きついて、おなかに手をまわして、眠りについた。寝返りをうつと、今度はキミオが私の背中を抱いてくれた。

「お願いだから、行くなんて言わないで。どうしても行くんだったら、私も連れてって」

私はキミオにしがみつき、声を上げて泣いた。キミオはその背中を、よしよしと撫でた。

「連れてきたいのは山々だけど、僕の旅は美雪には無理だよ。ずっと車の中だし、お風呂もないし、トイレも洗面所もない。ごはんは行く先々でお世話になるか、カセットコンロで簡単なものを煮炊きする。そんな生活、普通の女の子には一日だってできないよ」

ひっくひっくとしゃくりあげ、どうやら涙が収まってくると、キミオは私の顔を間

近で見ながら、言った。

「僕はこんなんだから、一所に居続けることはできないんだよ。ごめんね。将来の約束とか、そういうのも、できない。だって今までそういうのして、守れた試しがないんだもん」

なんだか、私のほうが悲しいのに、私がキミオを苦しめているみたいだった。まるでジャングルに帰りたがってる野生動物を、無理やり飼ってるみたいな。キミオの歌が失恋の話ばかりなのは、きっとそのせいなのだ。

女たちはみな、キミオを引き留めることができない。だって、今時携帯を持っていないのなんて、キミオくらいのものだ。キミオを引き留めることは、渡り鳥に飛び立つ時期を逃させるのと同じだ。ここに引き留めたら、キミオの心は、きっと死んでしまう。

「あーあー、ここには長居しちゃったなぁ。美雪がいるし、お父さんもお母さんも、おばあちゃんもいい人だし、ごはんも美味しいし」

キミオがしみじみと言う。私は聞きたかった。そういうものたちを捨てて、あんたになんの楽しみがあるのと。でも聞かなかった。答えは決まってる。旅に出るキミオには、なにものにも替えがたい、自由があるのだ。

「分かった。もういい」

私は涙を拭いて、鼻をすすった。

「良かった。じゃあ散歩にでも行こっか。寒桜がきれいだよ。今日は月も出てるし」

「うん」

もうきっとこの散歩が、最後なのだ。キミオはいつか帰って来るかもしれないし、もう二度と、会えないかもしれない。私はキミオとお揃《そろ》いのマフラーをして、キミオと手をつないで、出掛けた。

「あ、ほんとだ、満月」

「うん」

このマフラーは、クリスマスに編んでプレゼントしたものだ。小学生の頃みたいに、太い毛糸で鉤《かぎ》編みしたマフラー。キミオにはそういう贈り物が似合った。キミオに恋する私にも、とてもしっくり来た。キミオのKと、美雪のM、イニシャルが入ったマフラー。

「ほら、寒桜」

「うん、ヨシエちゃんちの寒桜、毎年、きれいなんだ」

小さい頃から見てるけど、キミオと見る今年の寒桜は、いつもの百倍きれいだ。私は切なくなって、キミオの手をぎゅうっと握った。

「……」

キミオは私の目を見、抱き締めた。キミオだって離れたくないと思っている気持ちは、私にはよく分かった。

こんな話を真利にしたら、どうせ、「遊ばれたのよ。さんざん世話んなっといて、飽きたら出てくなんて、ひどい男ね」って言うに決まってる。でも、キミオはそんなんじゃないのだ。それは私にも、私の家族にも、分かってた。

私たちは、どちらからともなくキミオのバンのほうに向かって歩き始めた。私はキミオにつないだ手をぶらぶら振りながら、空を見上げた。

「あーあ、キミオともう半年も一緒にいるのに、私キミオのこと、ほとんど知らない」

私がそう言うと、キミオは、

「何が知りたいの?」

と聞く。

「別に。だけどフツー、実家の住所とか、電話番号とか、学校どこ出たとか、今まで何やって来たかとか、これからどこに行って何をするつもりなのかとか、そういうこと、自然に知るじゃん」

「あー、そういうことねぇ」

キミオは初めて気が付いたというように、感心した口調で言った。

思えば、私とキミオは最初から、まるで生まれたときから一緒にいる姉妹みたいに過ごしていて、あんまり突っ込んだ話をしなかった。キミオが何歳なのかも、たぶん私よりずっと年上なんだろうけど、知らなかった。

「でも考えてみたら、そーゆーのって、どーでもいいんだよね、実は」

そんなこと知らなくても、私はキミオを分かっていたし、キミオも私を分かってくれていた。

そう、だから、この成り行きを、寂しいけど受け入れることができるのだ。私はこの街が好きで、家族とも離れられないし、キミオは一所にいることができない。

「キミオと一緒にいられて、私、楽しかったよ」

キミオのバンの前について、私は言った。今夜キミオを見送っているんだということが、二人には何も言わずに分かっていた。キミオは私に、

「寄ってく?」

と聞いた。

「うん」

キミオはきっと、朝になったらこの街をあとにする。今ここで別れるには離れがたく、私はキミオのバンに上がり込んだ。

「うわぁ、久しぶり。やっぱ冬は中、寒いね」

島でお泊まりして以来、初めてだった。

「うん、でももうじき、大丈夫になるよ」

キミオはヤカンにミネラルウォーターを注ぎ、カセットコンロで火をつけた。それから私に、毛布を貸してくれた。

「ほい」

私はそれにくるまって、カセットコンロの火に手をかざした。

「うふふ、なんだか楽しいね、キャンプみたい」

私が言うと、キミオは嬉しそうにほほ笑む。

「ココアでいい?」

「うん」

キミオの作ったココアを飲んで、私たちは最後に愛し合った。

夜中に、

「美雪、起きて」

と言われて目を覚ますと、バンの天窓が開いていて、私の目に、満天の星が飛び込んだ。

「うわ、すごい、プラネタリウムみたい」

私はその晩、キミオの腕枕で、ずっとずっと、星空を眺《なが》めていた。雲が出て、月が隠れ、また雲が流れて月が出る。私の心は、星空の彼方《かなた》、雲の向こうまで、飛んで行った。毛布の中でひとつになった、肌があたたかかった。

翌朝、キミオは旅立った。私は笑ってそれを見送ることができた。ほとんど眠っていないのに、とてもすがすがしい気分だった。私はキミオの歌を歌いながら、朝日の中、家路についた。

(inspired by music of Sachio Suzuki)

プラチナ・リング

唯川　恵

唯川　恵（ゆいかわ・けい）
石川県金沢市生まれ。金沢女子短期大学情報処理学科卒業。銀行のOLを経て、1984年、コバルト・ノベル大賞を受賞しデビュー。以後、恋愛小説やエッセイで活躍を続け、2002年、『肩ごしの恋人』で直木賞を受賞。著書に『永遠の途中』『今夜誰のとなりで眠る』『めまい』『病む月』『ベター・ハーフ』『燃えつきるまで』など多数。

代官山《だいかんやま》のショットバーのドアを開けると、どこか甘さを含んだ匂いが溢《あふ》れて来て、不意に身体が締め付けられるような感覚に包まれた。

それは落胆にも悲しみにも、憎《にく》しみにも似ていて沙恵子《さえこ》を戸惑《とまど》わせた。

沙恵子は小さく首を振り、面倒な感覚を振り切るようにカウンター席に向かった。

すぐに、すでに顔馴染《なじ》みになったバーテンダーが親しげな笑顔を向けた。

「いらっしゃいませ」

「こんばんは」

沙恵子も笑顔で答えてスツールに腰を下ろし、ほんの少し迷ってから、ミモザというシャンパンベースのカクテルをオーダーした。

無機質な雰囲気の店内は明かりが絞《しぼ》られ、コーナーにはイタリアのアンティークを思わせるランプが柔らかな光を放っている。奥にふたつのテーブル席。その片方にカップルが座っていて、まだ始まったばかりの恋を連想させるような楽しげな雰囲気が漂《ただよ》っていた。

「どうぞ」

ミモザが差し出された。

「ありがとう」

短く答えて口にした。酸味が口の中に広がってゆく。

それから、沙恵子は自分の右手薬指に嵌《は》められたパールの指輪にわずかに目をやった。

半年前、二十六歳の誕生日に各務《かがみ》からプレゼントされたものだった。その前の年はダイヤが嵌め込まれたゴールドのファッションリングで、その前は凝《こ》ったデザインのシルバーだ。

今年こそ、と思う。今年こそプラチナだ。石も飾りもない平打《ひらう》ちのシンプルなプラチナリング。それも、この指ではなく左手の薬指。その日が来るのはもうすぐのはずだ。

各務は以前、沙恵子の上司だった。

仕事ができ、上からの信頼も厚く、それでいて同僚や部下から慕《した》われていて、礼儀正しいが決して堅苦《かたくる》しさを感じさせない雰囲気があり、そろそろ四十というのに少しもくたびれた様子のない各務は、女子社員たちの評判もよく、時折《ときおり》、給湯室やロッカー室の話題となった。

入社した時から、沙恵子もそれなりの興味を持っていた。今まで知っている学生時代の男たちとはまったく違う大人の匂いがした。けれども、所詮《しょせん》はその程度のことだ。

各務は結婚していた。かつて同僚だった妻と、小学生の娘がひとりいる。わざわざ手を焼くような関係に陥《おちい》るほど、恋に困っているわけではなかった。実際、その頃には恋人と呼べる男もいた。

それでも始まってしまった。

それは沙恵子の思惑《おもわく》や意思というより、何か特別なものに身体ごと奪い去られてしまうような感覚だった。それが何なのかはよくわからない。わからないが、抗《あらが》うことができなかった。気がつくと、もう各務から目が離せなくなっている自分がいた。

各務は五分遅れでやって来た。

「ごめん、遅くなった」

そう言って左隣のスツールに腰を下ろす。

その瞬間、各務にいちばん近いところから、身体がしっとりと熱を含み始める。もう数えきれないくらいベッドに入り、恥ずかしいことなどみんなしてしまった男に、こんな思いを持ち続ける自分が不思議だった。それだけ各務が沙恵子にとって特別な男ということだ。

「大丈夫だったの？」

沙恵子は尋《たず》ねる。

「何が？」

「帰りぎわの電話、トラブルだったんでしょう」

「よく知ってるね」

「ちょっと聞いたの」

各務はシングルモルトの水割りをオーダーした。

「面倒なこと?」

「明日が契約という段になって、相手が無茶な条件を持ち出して来た。早い話、値を下げろということさ」

「どうするの?」

バーテンダーが差し出したグラスを各務は口にした。それからゆっくりと顔を向け、自信に満ちた表情を浮かべた。

「何も心配することはない」

ああこれだ、と沙恵子は思う。

あの時もそうだった。あの時も、ミスをしてすっかり色を失った沙恵子を振り向き、各務はそう言ったのだった。

「何も心配することはない」

その言葉を聞いたとたん、不安は呆気《あっけ》ないくらい拭《ぬぐ》い去られていた。取引先への納入日を間違えた時だ。この人に任せておけばすべてがうまくゆく。そんな安堵《あんど》が、沙恵子を満たしていた。

惹《ひ》かれるというのは、自分の中の螺子《ねじ》がひとつずつ抜き取られてゆくことに似ている。あの時から、恐れと恍惚《こうこつ》に揺れながら、沙恵子は各務に傾いてゆく自分を呆気にとられる思いで眺《なが》めていた。各務を目で追い、各務の声に耳をそばだて、そうして気がつくと、もう後戻りできなくなっていた。

部内の飲み会の帰り、たまたまタクシーにふたりで乗り合わせることになった。

言葉にしてはいけない。わざわざ人生をやっかいにする必要はない。そんなことはわかっていた。わかっているくらいはもう大人になっていた。けれども抑えきれなかった。グラスから溢れる最後の一滴のように、沙恵子はそれを口にしていた。

「あなたが好きです」

各務は顔を向け、一瞬表情を止めたが、すぐに緩《ゆる》やかに上司の顔に戻って言った。

「相当飲んだみたいだね」

「確かに飲みました。でも、自分が何を言っているかわからないほど、酔っているわけじゃありません」

「年上をからかっちゃいけないよ」

「子供扱《あつか》いするのはやめてください」

はぐらかされるのは、拒否されるより屈辱《くつじょく》だった。抗議する声が震《ふる》えた。

各務は困惑したように笑い、シートに深くもたれかかって目を閉じた。明らかに拒否の姿勢だった。

実際、車が沙恵子の自宅に着くまで一言も口をきかず、到着すると「お疲れさま」と事務的に言い、あっさりと車を発進させた。

それでも、その日を境にふたりの間に何か特別なもの、強《し》いて言えば共犯者めいた意識が生まれたのは確かだと思う。

時折、沙恵子は各務の視線を感じた。顔を向けても、各務と目が合うことはない。決してない。けれどもその不自然さが、逆に各務の意識を思った。各務は沙恵子の動きを摑《つか》んでいる。でなければ、あれほど無視できるわけがない。

もしかしたら。

その思いが沙恵子を惑わせた。焦《じ》れったさにオフィスで何度も小さく息を吐き出している自分に気付き、その度、傷つかなければならなかった。

そんな時、各務が会社の花形部署である管理部に栄転となった。管理部は同じ建物にあるが、フロアは四階で、六階の沙恵子の部署と離れてしまう。今までのように毎日顔を合わせることができなくなる。

会えない。

その思いが沙恵子を追い詰めた。

会いたい。

その思いを持て余してゆく。

ひとりでエレベーターに向かう各務を見た瞬間、沙恵子は後を追っていた。こんな状況を受け入れている自分に腹を立てていた。それなら各務にもっとはっきりとした形で拒否される方が百万倍も楽だった。

「お願いがあります」

飛び込んできた沙恵子に、各務は驚いたように顔を向けた。

「どうした」

「今夜、会ってもらえませんか」

一瞬、眉《まゆ》を顰《ひそ》める。

「何かあったのか」

「何かなければ、会ってもらえませんか」

「何もないなら、会う必要はないだろう」

「会いたい、それだけです」

沙恵子は必死だった。

各務が顔を上げ、階数を示すデジタル表示に目をやった。

「君はまだ若い」

堅い声がする。

「わざわざ面倒なことに足を突っ込むことはない」

「何度もそう思いました。でも、たぶん、もう手遅れです」

各務は顔を向けなかった。その表情を沙恵子は探った。困惑ではなかった。むしろ、恐れるような、怯えるような色を滲《にじ》ませていた。そんな各務を見るのは初めてだった。仕事でどんなトラブルに見舞われても、各務は決してそんな顔はしない。

エレベーターが止まる寸前、各務はまるで紙に書かれたセリフを棒読みするようなぎこちなさで、短く、時間と場所を口にした。

「じゃあ、その時に」

そしてその夜、ふたりは本当の共犯者になった。

沙恵子と各務は会うとさまざまな話をする。

話といっても、誰もがどこでもしているような他愛《たあい》無い内容だ。

けれど、どんな話をしていても、胸の隅《すみ》に固い痼《しこ》りのようなものがある。

妻に離婚の話を切り出した、と各務が言ってから一年が過ぎようとしていた。今はどうなっているのか、あれから話し合いは進展しているのか、気にならないはずがない。

けれども、その話を持ち出して楽しい気分のまま別れたことは一度もなかった。何をどう話そうとも、結局、苦い後悔と、もしかしたらこれで終わってしまうかもしれないという恐れを抱きながら、それぞれの家に帰ることになる。

だから、沙恵子は自分からその話に触《ふ》れないでおこうと誓っている。だいいち、そのことばかりを口にするのは、結婚のことしか考えていない計算高い女のように思われそうな気がする。もし各務にそんなふうに思われたら、と想像するだけで身震いしてしまいそうだ。

けれども、本音《ほんね》のところではやはりその話が聞きたくてたまらないのだった。

どうなってるの？　奥さんは何と言ってるの？　約束のプラチナのリングはいった

いいつになったら嵌められるの？

そうして、何も言わない各務に対してだんだん意地の悪い気持ちになってゆく。沙恵子が話をしないのは思いやりだが、各務がしないのははぐらかしているように思える。だから各務の口からそれを言わせるために、沙恵子はさまざまな策を練り始める。

「昨日ね、矢野《やの》さんから誘われたの」

「矢野？　二課の矢野か？」

「そう、週末に一緒に映画でもどうかって」

「ふうん」

言ったきり各務は黙る。その反応が沙恵子をいっそう残酷にする。

「行ってもいい？」

「僕に聞かれても困る。君が自分で決めることだろう」

「だったら行ってみようかしら。どうせ週末はあなたと会えるわけじゃないし、いつものように何の予定もないんだもの」

精一杯の皮肉を込める。

「そうしたいなら、そうすればいい」

いくらか苛々《いらいら》した口調で各務が返す。

「でも、ただのデートとはちょっと違うのよ。まじめな気持ちで誘ってるんだって、矢野さん言ったわ。それでも行っていいって、あなたは言うの？」

本当は、そこまで言われているわけではなかった。若くてまだ自尊心をさほど傷つけられたことのない男が、少し気にかかる女を気楽に誘ってみただけだ。

各務は黙った。その沈黙がひりひりと沙恵子を高揚させる。もっと各務を焦《じ》らせたい。苛立たせ、狼狽《うろた》えさせたい。愛しているから傷つけたい。

「行こうか」

たまりかねたように各務が言い、バーテンダーにチェックの合図を送った。

早くそれを言ってくれたらよかったのだ。そうして、こんなことを口走る私の唇を塞《ふさ》いでくれたらいいのだ。

本当はドアから入ってくる各務を見ただけで、沙恵子はもうこの店を出たくなっていた。

飲むよりも、話をするよりも、早くふたりになって、着ているものをみんな脱ぎ捨てて、身体の窪《くぼ》んでいるところも突起しているところも各務の舌と吐息で埋《う》め尽くして欲しい。そうして、すべてのことがどうでもよくなってしまうあの一瞬に閉じ込めて欲しい。

こっそりと玄関の鍵を開けると、居間にはまだ明かりがついていた。

沙恵子は落胆しながら、居間のドアを開けるまでに、女から娘へと表情を切り替えた。

「ただいま」

顔を半分だけ覗《のぞ》かせると「遅かったわね」と、母が眉をひそめて振り返った。

「ちょっと友達と飲んでたの」

「お父さんに言われたわ、沙恵子はいつもこんなに遅いのかって」

「たまに自分が早く帰るとそれなんだから」

「あんまりうるさく言いたくないけど」

「お風呂、沸《わ》いてる?」

「色々言う人もいるんだから、あなたも気をつけなさいよ」

「気をつけるって何を?」

ドアにもたれたまま尋ねる。

「年ごろの娘が夜遊びばかりしてるなんて、ご近所で評判になるのはまっぴらよ」

「まだ十二時前よ」

こんな時、やはり家を出てマンションでも借りればよかったかもしれない、とつくづく思う。そうすれば、余計なことを詮索《せんさく》されたり、近所の目を気にする必要もない。各務とのホテル代も嵩《かさ》まずに済む。

けれども、沙恵子は敢《あ》えてそれをしなかった。各務も望みはしなかった。できないことはなかったが、目先の便利さに惑わされて、セックスだけが目的となるような関係にしたくなかった。それほど真剣な気持ちだということだ。

「おやすみ」

「とにかく、お父さんより早く帰るようにしなさい。お風呂、沸いてるから」

ドアを閉めようとすると、母が呼び止めた。

「沙恵子」

「なに?」

振り返らぬまま背中で聞く。母の小言はいつもすぐには終わらず、いつもこんなふうに糸を引く。

「あなた、誰か付き合ってる人でもいるの？」

「いないわよ」

「もうそろそろあなたもいい年なんだから、先のこともちゃんと考えなくちゃ」

「わかってる、ちゃんと考えてる」

母の言葉を遮《さえぎ》って沙恵子はドアを閉めた。

娘はついさっきまで、裸で男と抱き合っていた。ベッドの中で口にできないようないやらしいことをたくさんして来た。もう、親が考えているような娘じゃない。ちゃんとオーガズムだって知っている。


昼休みが終わってデスクに戻り、最初に受けた電話は受付け嬢からだった。

「ロビーに女性の方が面会にいらしています」

「私に？　どちら様でしょう」

「親戚の方だとおっしゃってるんですけど、ちょっとお名前は」

「わかりました。すぐ行きます」

怪訝《けげん》な思いで一階に下りた。会社まで訪ねて来る親戚など覚えはない。

一階に下りると、受付け嬢に「あちらの方です」と教えられた。正面玄関の右手にあるロビーのソファに、女性の後ろ姿が見えた。背筋が伸び、玄関の大きなガラス窓から差し込む日差しを仰《あお》ぐように、顎《あご》をしゃんと上げていた。沙恵子は近付き、声を掛けた。

「お待たせしました」

女性が立ち上がり、ゆっくりと振り向いた。

瞬間、息を呑《の》んだ。そこにいるのは各務の妻だった。

各務には言ってないが、何度か各務の家の周りをうろついたことがある。理由は簡単だ。妻と子供を見てみたかったからだ。そして、見た。各務が出張した土曜日の夕方、マンションからふたりが現われ、隣接している駐車場の「各務」と書かれたプレートの前の白いセダンに乗り込んだ。間違いなかった。買物にでも行くのだろうか。食事にでも出掛けるのだろうか。どうということはない妻と、どうということはない娘だった。娘は頬《ほほ》の辺《あた》りに各務の面影《おもかげ》が窺《うかが》えていくらかの罪悪感を持ったが、妻には何も感じなかった。化粧気のない顔はくすんでいて、羽織《はお》ったカーディガンは袖口《そでぐち》が弛《ゆる》んでいた。中途半端に伸びたレイヤーカットがみすぼらしかった。この妻のために、どうして自分がこれほどまでに苦しまなければならないのかと、むしろ怒りの感情が湧いた。

「私のこと、ご存じのようね」

穏《おだ》やかな口調で各務の妻は言った。今日は化粧をし、淡《あわ》いパープルのスーツを着ている。美しいとは言えなかったが、毅然《きぜん》とし、どこか自信に満ちている。

「いえ」

沙恵子は床に視線を落とした。動転していて何を言えばいいのかわからなかった。

「あなた、各務と付き合っているんでしょう」

受付け嬢がこっちを見ている。俯《うつむ》いたままの自分が情けなかった。本当は「そうです」ときっぱり言ってやりたかった。けれども、それを口にできる立場ではないことも理性としてわかっていた。

各務を愛している。愛している各務と結婚したい。その当たり前の望みが、ただ妻子があるというだけで、罪にされてしまう。

「今更《いまさら》、隠すことはないのよ。離婚を切り出された時から女がいることはわかっていたわ。相手があなただってことの調べもちゃんとついてるの」

何て答えればいいのだろう。何て答えれば、各務の妻を納得させられるだろう。謝ればいいのか、受けて立てばいいのか。そして気がつく。納得などさせられるわけがない。

「知った時は、腹が立って仕方なかったわ。面倒な家のことはみんな私に押しつけといて、自分は一回り以上も若い女と浮気して、ましてや結婚したいなんて、そんな自分勝手が許されるものかって。だから絶対に離婚はしないと決心してたの」

沙恵子の身体が緊張で熱くなる。

「でもね、もういいの。もう私も疲れたわ。結婚したいんなら、すればいいわ。各務とは別れます。今更、あの人にしがみつくつもりはありませんから」

妻の左手薬指に指輪はなかった。そこだけうっすらと白さが残っていた。つまり、離婚すると言っているのだ。そのことに気付いて、沙恵子は思わず顔を上げた。

「本当ですか?」

「ええ、そのつもりよ。でもね」

各務の妻がねぶるような目を向けた。

「これで何もかもうまく行くと思ったら大間違いよ。あなたは私から夫を、娘から父親を奪ったの。それだけのことをしたのだから、それ相応の覚悟はしているでしょうね」

沙恵子はまっすぐに見つめ返した。

「わかってます」

「そう、それならいいの」

各務の妻は頬にわずかに笑みを浮かべ、ソファに置いてあったバッグに手を伸ばした。

「ここに来る前、あなたのお父さまの会社に寄ってお会いして来たわ。娘さんは私の夫と不倫して、家庭をめちゃめちゃにしましたってお話をして来ました」

小さな悲鳴に似た声が、沙恵子の喉《のど》の奥で上がった。

「私は間違ったことを言ったつもりはないわ。すべて本当のことだもの、言って当然でしょう」

沙恵子は唇を噛《か》んだ。言い返す言葉を何も持ってはいなかった。

「じゃあ行くわ。今から、仲人《なこうど》をしてくれた常務に離婚の報告に行くの。もちろん、すべて話すつもりでいますから」

各務の妻がエレベーターホールに向かって歩いてゆく。沙恵子はしばらく立ち尽くしていた。身体がぐらぐら揺れて、まるで床に足が沈み込んでゆくようだった。

ようやくの思いでエレベーターに乗ると、四階のフロアから各務が乗り込んで来た。硬い表情で沙恵子をちらりと見て、八階を押す。役員室が並ぶ階だった。常務に呼ばれたのだ、とすぐにわかった。

各務はゆっくりと沙恵子を振り返り、頬にいくらか笑みを浮かべた。

「何も心配することはない」

いつもの自信に溢れたあの口調だった。

「ええ」

緊張が解《と》けてゆく。もう大丈夫だ。各務にすべてを任せておけばみんなうまくゆく。今までずっとそうだったのだから。

各務を愛しているし、愛されていることも確信していた。

けれども正直に言おう。どこかで疑う気持ちを持っていた。本当に各務は妻と子を捨てられるのだろうか。結婚にまでこぎつけられるのだろうか。こういった関係の多くが迎える、あまりにもありきたりな結末に自分たちも行き着いてしまうのではないか。けれども、これで決まった。私は間違ってはいなかった。各務を信じてよかった。各務を愛してよかった。

母には泣かれ、父には殴られた。

「そんな娘に育てた覚えはない。世間に顔向けができない。おまえは自分が何をしたかわかっているのか」

両親の言い分はもっともだった。愛なんか何の言い訳《わけ》にもならなかった。沙恵子は一言も反論しなかった。自分にできることは、父と母の怒りと悲しみをすべて受けることだとわかっていた。

予想通り、ほんの数日で会社中に噂が広まっていた。受付け嬢が喋《しゃべ》らない訳がなかった。遅かれ早かれ、知れ渡ることはわかっていた。ロッカー室や給湯室や洗面所で、同僚たちの好奇の目に晒《さら》されながら、沙恵子は平常を装《よそお》った。

各務の離婚が成立したのは、それから三カ月が過ぎた頃だ。

自宅を妻と子供に渡し、各務は通勤に少し時間がかかる郊外の賃貸マンションに移った。それをきっかけに、沙恵子も家を出た。母は考え直すように泣いて引き止めたが、父は「放っておけ」と突き放した。各務は何度も挨拶《あいさつ》をしたいと沙恵子の家を訪れたが、両親は最後まで会おうとしなかった。

そのことを恨《うら》む気持ちなど到底《とうてい》ない。許さない、それが親としての最後の権利であり、許されないことが娘としての最後の役割だと思っていた。

会社は辞《や》めるしかなかった。各務の立場もあるが、噂話の格好の肴《さかな》にされることに沙恵子自身すっかり疲れ果てていた。一身上の都合、という理由で退職届けを提出した。いずれこうなることは各務と付き合うようになってから覚悟していた。仕事の代わりなど探せばいくらでもある。けれども各務はこの世にひとりしかいない。各務と天《てん》秤《びん》にかけられるものなど何があるだろう。

何をどう考えても思うのだ。好きな男と同じベッドの中で抱き合って朝まで眠り、共に食事をし、同じ空気を吸い、笑い、泣き、町中を寄り添って歩ける。それ以上の幸福がいったいどこにあるだろう。

それに較《くら》べたら、失ったものなど大したものではない。後悔などするはずもない。

ふたりで暮らし始めた最初の日、食事に出た。

以前は代官山や青山《あおやま》といったお洒落《しゃれ》な街の店ばかりに出掛けたが、今夜は近くの居酒屋だ。沙恵子がここにしようと言ったのだ。

「記念の食事だろう。もっといい店に行ったっていいんだ」

各務はいくらか不満げに言ったが、沙恵子は首を振った。

「ここがいいの。本当はあなたと一緒にこういう店に来たかったの」

嘘ではなかった。洒落た店などもううんざりだった。

各務との関係でどうしても埋められない不満を、そういった凝ったインテリアや恋愛ドラマもどきの雰囲気で埋めてきただけのことだ。もう必要ない。そんなものがなくても、十分に満たされている。

奥の座敷に座って、ビールで乾杯した。仕切りの向こうでは、中年のサラリーマンが会社の愚痴《ぐち》をこぼしあっていた。

「これを」

各務がポケットから小さな包みを取り出した。

「こんな所で何だけど、やっと約束が果たせた。沙恵子が欲しがっていたプラチナの指輪だ」

沙恵子はいくらか緊張して座り直した。各務は指輪を箱から出し、沙恵子の左手を取ると、薬指に嵌めた。

その動作を沙恵子は黙って見つめていた。

欲しかったこの指輪を手にするまで四年かかった。その間には、もっと高価な指輪をプレゼントされたこともある。けれども、どんな値の張る指輪より、沙恵子には輝いて見えた。

一瞬、ひんやりとしたプラチナリングは、すぐに指と同じ熱を持ち、沙恵子の身体の一部になった。

思わず涙ぐんだ。

「嬉《うれ》しい」

「待たせて悪かった」

「こうしていると、それも必要な時間だったんだって思えるわ」

「もう何も心配することはない」

各務の言葉に沙恵子は頷《うなず》く。

「ええ、何も心配してないわ。きっとすべてがうまくいくわ」

幸せだった。

今はただ、その幸福だけを受けとめていようと思った。この5グラムあまりのプラチナリングが背負っているすべてのことは、今はまだ、考えないでおこう。

たとえば、各務が社の花形部署と言われる管理部から、先月末付けで子会社に出向になったこと。離婚の条件として、養育費を毎月八万円、子供が成人するまで払い続けてゆかなければならないこと。慰謝料として渡したマンションのローンがまだ十三年残っていて、その支払いもまた各務の肩にかかっているということ。そして沙恵子自身、各務の妻に訴えられ、就職して五年間で貯めた預金を慰謝料としてすべて渡して来たこと。

そんなことぐらい大したことではない。大丈夫、何とでもなる。きっとなる。

愛する各務と共に生きられることに較べれば、ささいなことではないか。

胸の中で、呪文のようにそれを繰《く》り返した。

沙恵子は自分の左手薬指に嵌められたプラチナリングをなぞり、それからゆっくりと目の前に座る愛しい男に視線を滑《すべ》らせた。

本書は二〇〇一年六月、小社より
四六判で刊行されたものです。

一〇〇字書評

切り取り線

購買動機（新聞、雑誌名を記入するか、あるいは○をつけてください）

□（　　　　　　　　　　　　　）の広告を見て

□（　　　　　　　　　　　　　）の書評を見て

□ 知人のすすめで　　□ タイトルに惹かれて

□ カバーがよかったから　　□ 内容が面白そうだから

□ 好きな作家だから　　□ 好きな分野の本だから

●本書で最も面白かった作品名をお書きください

●あなたのお好きな作家名をお書きください

●その他、ご要望がありましたらお書きください

住所	〒				
氏名		職業		年齢	
Eメール	※携帯には配信できません	新刊情報等のメール配信を希望する・しない			

あなたにお願い

この本の感想を、編集部までお寄せいただけたらありがたく存じます。今後の企画の参考にさせていただきます。Eメールでも結構です。

いただいた「一〇〇字書評」は、新聞・雑誌等に紹介させていただくことがあります。その場合はお礼として特製図書カードを差し上げます。

前ページの原稿用紙に書評をお書きの上、切り取り、左記までお送り下さい。宛先の住所は不要です。

なお、ご記入いただいたお名前、ご住所等は、書評紹介の事前了解、謝礼のお届けのためだけに利用し、そのほかの目的のために利用することはありません。またそのデータを六カ月を超えて保管することもありませんので、ご安心ください。

〒一〇一―八七〇一
祥伝社文庫編集長　加藤　淳
〇三（三二六五）二〇八〇
bunko@shodensha.co.jp

祥伝社文庫

上質のエンターテインメントを！　珠玉のエスプリを！

祥伝社文庫は創刊15周年を迎える2000年を機に、ここに新たな宣言をいたします。いつの世にも変わらない価値観、つまり「豊かな心」「深い知恵」「大きな楽しみ」に満ちた作品を厳選し、次代を拓く書下ろし作品を大胆に起用し、読者の皆様の心に響く文庫を目指します。どうぞご意見、ご希望を編集部までお寄せくださるよう、お願いいたします。

2000年1月1日　　祥伝社文庫編集部

LOVERS《ラバーズ》　恋愛アンソロジー

平成15年9月10日　初版第1刷発行
平成19年8月30日　第30刷発行

著者　安達《あだち》千夏《ちか》・江國《えくに》香織《かおり》
川上《かわかみ》弘美《ひろみ》・倉本《くらもと》由布《ゆう》
島村《しまむら》洋子《ようこ》・下川《しもかわ》香苗《かなえ》
谷村《たにむら》志穂《しほ》・唯川《ゆいかわ》恵《けい》
横森《よこもり》理香《りか》

発行者　深澤健一
発行所　祥《しょう》伝《でん》社《しゃ》
東京都千代田区神田神保町3-6-5
九段尚学ビル　〒101-8701
☎ 03(3265)2081(販売部)
☎ 03(3265)2080(編集部)
☎ 03(3265)3622(業務部)
印刷所　図書印刷
製本所　図書印刷

ISBN4-396-33122-3 C0193

祥伝社のホームページ・http://www.shodensha.co.jp/